Aurora

Wil je meer weten over de boeken van Ellen Tijsinger, surf dan naar www.ellentijsinger.nl

Andere jeugdboeken van Ellen Tijsinger

Word toch wakker!
  Genomineerd door de Nederlandse Kinderjury en in België bekroond met het Bronzen Boek
Nikolaj
  Genomineerd door de Nederlandse Kinderjury en in België bekroond met het Bronzen Boek
Dat had je gedroomd
De tuin zonder eind
Vijandig vuur
Morgenster
  Bekroond door de Nederlandse Kinderjury
De zwarte vulkaan
Kaper op de vlucht
Zonnekind
  Genomineerd door de Jonge Jury
Speurtocht naar het verleden
  Genomineerd door de Jonge Jury
Lotus brengt geluk
  Genomineerd door de Jonge Jury
De rode vlieger
  Genomineerd door de Jonge Jury
De olifantenjongen
  Genomineerd door de Jonge Jury
Verfspatten
  Genomineerd door de Jonge Jury

Voor jongere kinderen verschenen:

Eline en kleine meeuw
Eline en de ziekenhuismuis
Eline is een prinses
Een heel jaar feest (Ploegsma)
Een heel jaar lief en soms een beetje stout (Ploegsma)

Ellen Tijsinger

Aurora

Van Goor

ISBN 90 00 03576 7

© 2004 Ellen Tijsinger
© 2004 voor deze uitgave Van Goor, Amsterdam
omslagillustratie Irene Goede
omslagtypografie Erwin van Wanrooy
foto auteur Carla Schoo
www.van-goor.nl

Voor Mariëtte en Jochem, omdat jullie aangenaam reisgezelschap waren en mee op avontuur gingen.

Vooraf

De Sutiaba, de oudste indianenstam van Nicaragua, vestigde zich rond 1300 in León en op het platteland ten westen van deze stad tot aan de Grote Oceaan. Het zijn mensen die dicht bij de natuur leven. Hun goden zijn de god van de zon, de god van het water en de god van de aarde. Ook nu nog roepen ze bij grote droogte de hulp in van de god van de regen. Bij dat ritueel wordt gedanst en gezongen. Als het eindelijk gaat regenen, drinkt de oudste Sutiaba als eerste van het regenwater. Dat brengt geluk en daardoor zal de oogst goed zijn.

De leden van deze indianenstam zijn bijgelovig en gevoelig voor magie en hekserij. Ze hebben talrijke legendes die in het dagelijks leven heel belangrijk voor hen zijn. Ze geloven erin en leven ernaar.

De legendes dateren uit de tijd van hun verre voorvaderen. Nog steeds gaan alle ramen en deuren dicht, als *La Mona*, de mensaap, gezien is. Vrouwen hoeven in het donker niet bang te zijn, want *El Cadejo*, het witte hondje, zal hen zeker beschermen. Nog steeds gonst het in de stad van de geruchten, als *El Punche de Oro*, De Gouden Krab, die de schat van opperhoofd Adiac bewaakt, is gezien.

Ik dank de medewerkers van de Vriendschapsband Utrecht-León voor alle informatie die ze me gaven en Desiree voor het gastvrij openstellen van haar huis in León.

Ik dank Jenny voor haar onverminderd enthousiasme en haar man Miguel en zijn moeder voor hun griezelige, spannende of grappige verhalen over de Sutiaba die ik gebruikte in dit boek.

Mijn bewondering gaat uit naar mevrouw Carmen Toruño de Garcia, die in León het Museum van de Legendes oprichtte.

Volgens de overlevering kunnen mannen de legendes alleen horen, maar vrouwen kunnen ze, dankzij hun intuïtie, ook zien. Dus ik bofte!

Veel leesplezier!

Ellen Tijsinger

1

Aurora wordt wakker door een onbekend geluid. De hitte is nog draaglijk op dit vroege uur, maar haar dunne T-shirt is al nat van het zweet en vliegen gonzen rond haar hoofd. Ze draait zich nog een keer om in haar hangmat en schommelt zacht heen en weer, maar kan de slaap niet meer vatten. Ze droomt vaak en meestal gaat het over leuke dingen, maar vannacht verwarde de droom haar. Honderden beelden tuimelden door elkaar. Gezichten die ze niet thuis kon brengen gluurden haar aan met holle ogen. Dieren beten haar, een aap sprong op haar schouder en een beest met snelle poten rende hard voor haar uit. Ze probeerde het vergeefs te pakken. Haar hart bonst onrustig. Ze sluit haar ogen. Misschien kan ze haar droombeelden weer oproepen, dan ziet ze het dier weer. Het was van een overweldigende schoonheid en glinsterde in de zon. Maar het lukt niet meer. Naast haar in het grote bed slapen haar broertjes Armando en Leandro. Leandro, de jongste, heeft zijn duim in zijn mond en ligt dicht tegen zijn broer aan onder het dek van aan elkaar genaaide lappen. Armando lacht in zijn slaap. Aurora rekt zich uit en kijkt vertederd naar hen. Armando is een echt zondagskind, zorgeloos en vrolijk. Hij heeft veel vriendjes, omdat hij leuke spelletjes bedenkt en ervoor zorgt dat niemand buitengesloten wordt.

Leandro is een zorgenkindje, al kwetsbaar vanaf zijn geboorte. Hij zit vaak onder de bulten omdat hij voor van alles en nog wat allergisch is, en hij kan hoesten, zo erg, dat het lijkt alsof zijn longen uit elkaar zullen barsten.

Aurora klimt uit haar hangmat en zucht een paar maal diep, maar het onrustige gevoel waarmee ze wakker werd verdwijnt niet. Naast hun huisje is haar vader, papita, bezig van oude fietsonderdelen een kar te maken, waarmee ze sinaasappels en mango's naar de markt kunnen brengen. Met zachte pufjes pompt hij de banden op. Dat was het geluid dat Aurora wekte.

Voor hun huisje zit mamita op een driepotige kruk nadenkend in het vuur te staren. Er pruttelt een pan maïspap boven. Met een stok pookt ze in de vlammen, die vrolijk dansen alsof ze een verhaal willen vertellen. Aurora gaat naast het vuur op de grond zitten. Haar moeder geeft haar een kom pap en legt even een hand op haar voorhoofd. Ze kijkt haar bezorgd aan.

'Vannacht heb je bijzonder gedroomd,' zegt ze zacht. 'Vertel, liefje, vertel maar.'

Aurora knikt en neemt een hap pap, maar ze brandt haar mond, zet de kom op de grond en schuift wat dichter naar haar moeder toe. Haar hart gaat weer tekeer bij de herinnering aan de droom.

'Het waren griezelige beelden,' fluistert ze. 'Ik weet niet wat ze betekenen. Het leek of al die gezichten me wat wilden vertellen.'

Haar moeder port nog eens in de vlammen. Ze laaien hoog op, vonken maken zich los van de vlammen en drijven de lucht in alsof een onzichtbare hand ze optilt.

'Je moet gaan,' zegt ze zacht, terwijl ze in het vuur staart. 'In je droom hebben onze voorvaderen je hun herinneringen verteld. Je moet gaan, Aurora. Ik zie het in het rood en geel van de vlammen.'

'Waarom? Ik wil niet weg. Je hebt mijn hulp nodig.'
Ze kijkt naar haar moeders benen, die dik en gezwollen zijn.
'Daar kun je onmogelijk mee naar de markt en wie moet er
voor Leandro en Armando zorgen?'
'Ik red me wel en papita helpt me. Jij moet gaan. De vlammen vertelden het al voordat je wakker was.'
'Waarom ik?'
'Dat weet ik niet. Onze voorvaderen zijn oud en wijs. Je
kunt hun verzoek niet negeren. Jij bent de oudste en een
meisje. Vrouwen zijn intuïtief, alleen zij kunnen de legendes
zien, begrijpen en doorgeven. Mannen horen alleen het geruis, geritsel of het hoefgetrappel. Ga op zoek naar de oerbeelden vol wijsheid van de Sutiaba, Aurora. Het is je lot, je
levenstaak. Je moet alle verhalen en hun betekenissen te weten komen. En als je terugkomt moet je ze aan je broertjes
vertellen. Zij moeten de geschiedenis van ons volk ook kennen.'
'Waarom weet u al die verhalen niet? Dan kon u ze me gewoon vertellen.'
'Aan mij zijn de voorvaderen nooit verschenen,' zegt haar
moeder. 'Ik heb in mijn jeugd wel wat gehoord, maar de diepe wijsheid achter de oerbeelden weet ik niet. Jij bent uitverkoren om ze door te geven aan je kinderen en kleinkinderen. Dan blijven de verhalen eeuwig leven en dat zal ons
zeker geluk brengen.'
Aurora eet haar pap op terwijl ze in de vlammen staart. Ze
dansen, vurig rood en helder blauw met witte tongen, die
door een zacht briesje uiteenwaaien.
Van onder haar donkere wimpers tuurt ze naar haar moeder. Haar stem had heel vastberaden geklonken. Maar Aurora wil niet weg. Ze moet iets bedenken om eronder uit te
komen.
'Straks moeten de sinaasappelen geoogst worden, mamita.

Wie plukt ze en wie brengt ze naar de markt?'
Haar moeder schudt haar hoofd en geeft geen antwoord.
'Wie moet de kruiden zoeken en de natte kompressen voor
je benen maken en wie zal je verbinden?'
'Ik vind wel iemand die me wil helpen. Armando is handig.
Hij kan best kruiden zoeken, een papje maken en dat op
mijn benen leggen.'
'Dat is toch geen werk voor een jongen!' protesteert Aurora. Ze bijt op haar lip. Dat laatste argument slaat nergens
op. De jongens, zelfs Leandro, moeten net als zij regelmatig
karweitjes doen.
'Nicaraguaanse mannen zitten graag onder de laurel na
te denken,' zegt haar moeder vaak, 'maar mijn jongens
moeten leren hun handen uit hun mouwen te steken, dan
krijgen ze later een sterke vrouw, die hun gezonde kinderen
schenkt.'
Aurora slaat haar armen om haar opgetrokken benen heen
en legt haar hoofd op haar knieën. De rook van het houts-
koolvuurtje prikt in haar ogen. De vlammen omarmen haar
als een verloren dochter. Ze weet het, ze moet gaan. Het is
een eer dat de voorvaderen haar uitgekozen hebben. Ze
mag hen niet negeren, dat brengt ongeluk en dat kan ze haar
ouders niet aandoen.
'Wanneer, mamita?' vraagt ze zacht. 'Wanneer moet ik
gaan?'
'We gaan naar Dionisia. Zij is oud en wijs en kan in het verleden en in de toekomst kijken. Zij zal je voorbereiden op je
tocht.'
Aurora huivert. Dionisia, de goede heks, woont een halve
dagwandeling bij hen vandaan. Ze heeft al veel zieken met
kruiden, waar alleen zij de werking van kent, beter gemaakt. Ze brouwt drankjes tegen liefdesverdriet en ze legt
haar handen op wonden die daarna spoedig genezen. Ze

legt tarotkaarten en haar voorspellingen komen altijd uit. Maar er doet ook het praatje de ronde dat als ze iemand niet mag, ze hem met haar bijzondere gaven in het ongeluk kan storten. Het is nog nooit bevestigd, maar voor de zekerheid houdt iedereen Dionisia te vriend. Ze benaderen haar met respect en zelfs de mensen die niets bezitten, brengen haar wat van hun armoede, een zakje maïs, een mooie steen of een schelp gevonden bij zonsopgang.

'Kom, ga je broertjes wekken. De zon is al op en ze slapen een gat in de dag,' zegt de moeder van Aurora, 'en je moet nog naar de markt.'

Aurora staat op, rammelt aan het bed van haar broertjes en roept hun naam.

Zoals gewoonlijk danst Armando de morgen in. Hij springt uit bed en grijpt een handdoek om zich te wassen bij de kraan achter hun huisje. Leandro wrijft in zijn ogen en krabt op zijn buik, die vol lelijke plekken zit. Aurora geeft hem een tik op zijn vingers.

'Niet doen!' zegt ze streng. 'Als het gaat ontsteken, krijg je nog veel meer jeuk.'

Het jongetje wil gaan huilen, maar Aurora tilt hem snel op. Ze wiegt hem zacht. Hij slaat zijn magere armpjes om haar heen en legt zijn hoofd op haar schouder. Ze heeft alweer spijt van de tik.

'Niet huilen,' zegt ze zachtjes. 'Ik zal straks kamille voor je plukken en er sterke thee van trekken. Dat smeren we op de bulten en dan gaat de jeuk vanzelf over.'

Gelukkig lacht Leandro alweer. Hij wringt zich los en rent naar zijn moeder. Ze knuffelt hem even. Dat doet ze vaker met hem dan met de twee anderen.

'Ga je eerst maar wassen,' zegt ze, 'dan krijg je pap.'

Leandro pakt een handdoek van de waslijn die voor hun huisje hangt en gaat ook naar de kraan.

'Niet alleen je oren en neus, Leandro,' roept mamita hem na. 'Je helemaal wassen! Ik controleer of je schoon bent.'

Het water is koud en Aurora en haar moeder lachen om het gegil en geschater van de jongens. Aurora legt een schone broek en T-shirt voor hen klaar. Ze schieten er met hun half afgedroogde lijven in, geurend naar groene zeep. Hun oren gloeien, zo hard hebben ze geboend. Mamita glimlacht tevreden en vult voor ieder een kom met pap. Papita komt er ook bij zitten. Hij is trots. Het is hem gelukt van de oude fietsonderdelen een stevige kar te maken.

'Zo sparen we onze rug, als we met de sinaasappeloogst naar de markt gaan,' zegt hij slurpend van de hete pap.

Aurora kijkt naar haar ouders en broertjes. Dit is haar leven. Ze zijn niet rijk, maar alles is warm en veilig. Ze heeft haar eigen hangmat, twee jurken en zelfs witte sokjes, omdat een meisje er altijd netjes uit moet zien.

Papita doet klusjes voor andere mensen. Er is altijd geld om *gallo pinto*, rijst met bruine bonen, te koken en fruit, mango's, bananen en sinaasappelen, groeien in hun eigen tuin. Daarvan mogen ze zoveel eten als ze willen, want er blijft altijd genoeg over als ze ermee naar de markt zijn geweest.

Dit moet ze allemaal achter zich laten! De voorvaderen hebben haar geroepen. Het is een eer dat juist zij uitverkoren is, maar ze is bang. Heel bang!

2

De volgende morgen, als de dauwdruppels nog op de bladeren liggen, vertrekken ze al naar Dionisia. Papita tilt mamita lachend in de kar en legt een kussen achter haar rug, zodat ze lekker zit. De pan met rijst voor onderweg heeft ze op schoot en als Leandro moe wordt kan hij er nog makkelijk bij.

Aurora en haar vader trekken de kar en Armando en Leandro lopen fluitend voorop. Ze gaan niet naar school, want daar is geen geld voor, maar papita heeft hun leren lezen en schrijven en daar zijn ze heel trots op.

Aurora denkt aan het gesprek van haar ouders de vorige avond. Ze zaten in het donker, terwijl ze naar de sterrenhemel keken, zacht te praten voor hun huisje. De jongens en zij waren al naar bed. Meestal mag zij langer opblijven, maar die avond moesten ze allemaal gelijk gaan slapen. Aurora had niet geprotesteerd. Ze begreep dat haar ouders veel moesten bepraten.

Ze had geprobeerd wat van hun gesprek op te vangen, maar de nachtvogels ritselden in de bomen en maakten zo veel lawaai, dat zij niets kon verstaan. Ze was weggezakt in een droomloze slaap. De volgende morgen las ze in haar vaders ogen dat hij alles wist. Hij had niets gezegd, alleen een arm om haar heen geslagen en haar hoofd tegen zijn schouder gedrukt.

Als ze ruim een uur onderweg zijn, schroeit de zon alweer op hun huid. Ze rusten even uit en lessen hun dorst bij een oude put. Er hangt een emmer met een touw in en iedereen die onderweg is, mag water halen en drinken zoveel hij wil. Papita vult de emmer met water, schenkt een kroes vol en geeft hun om de beurt te drinken. Mamita stapt uit de kar om haar benen te strekken en de jongens gaan in het gras liggen.

Aurora kijkt in de put. Het water staat een meter onder de rand; als ze zich rekt, kan ze met haar hand net het oppervlak aanraken. Het water voelt heerlijk koel. De zon schittert erop. Als ze wat verder vooroverbuigt, staart vanuit het water een gezicht naar haar, ernstig en onbewogen. Ze deinst met een gil achteruit.

'Wat is er?' vraagt haar vader.

'Daar,' wijst ze bibberend. 'Ik zag iemand in de bron. Hij keek me aan.'

Papita buigt zich voorover en lacht.

'Welnee, niets te zien. Je vergist je.'

Het stelt Aurora maar half gerust. Ze gaat naast haar moeder op de grond zitten, maar even later staat ze op om nog een keer in de bron te kijken. Weer ziet ze hetzelfde gezicht, maar deze keer knikt het vriendelijk naar haar, alsof het zeggen wil: wees niet bang, ik doe je niets.

Ineens verschijnt er een hand, waarin een schelp aan een touwtje ligt. Aurora's hart roffelt en ze blijft er versteend naar kijken. Voorzichtig probeert ze de schelp te pakken, maar dan is het beeld ineens verdwenen, zonder zelfs maar een rimpeling in het water achter te laten.

Als ze zich omdraait, kijkt haar moeder haar vragend aan.

'Wat zag je?' vraagt ze, alsof het de gewoonste zaak van de wereld is.

Papita en de jongens spelen een eindje verderop tikkertje.

16

Instinctief voelt Aurora dat wat ze net gezien heeft geen mannenzaak is. Fluisterend vertelt ze haar moeder wat er gebeurde.

'De voorvaderen begeleiden je nu al,' antwoordt ze eerbiedig. 'Je moet niet bang zijn. We zullen aan Dionisia vragen wat het betekent. Kom, ga naast me zitten en neem een hapje rijst.'

Met tegenzin neemt Aurora een paar happen. Haar maag krimpt samen. Wat staat haar te wachten? Het liefst zou ze hard terug willen rennen naar huis. Daar is alles veilig en vanzelfsprekend. Haar moeder legt een hand op haar arm en houdt haar stevig vast, alsof ze haar gedachten kan lezen.

'Niet bang zijn, Aurora!' zegt ze zacht. 'De goden zullen je welgezind zijn en Dionisia zal je goede raad geven, zodat je reis voorspoedig zal verlopen. Ik zal dag en nacht aan je denken en voor je bidden.'

Armando en Leandro hebben een jocoteboom ontdekt en komen met handenvol zure appeltjes naar hen toe.

'Ik heb ze zelf geplukt,' zegt Leandro, 'papita heeft me in de boom getild.'

'Nu zullen ze extra lekker smaken,' zegt mamita lachend terwijl ze haar tanden in een hard appeltje zet.

Ze drinken nog wat water en trekken verder. Aurora is blij dat er niet weer een gezicht aan het wateroppervlak verschijnt. Misschien heeft ze het zich toch verbeeld.

Als de zon op het hoogste punt staat bereiken ze het huisje van Dionisia, dat schuin tegen de helling van een vulkaan gebouwd is. De grond is daar heel vruchtbaar en er groeien veel kruiden.

Ze blijven geduldig wachten tot de goede heks naar buiten komt. Opeens springen de jongens overeind. Ze hebben in het lage struikgewas een aapje gezien, dat verschrikt in een boom klimt en veilig vanaf een stevige tak met nieuwsgierige kraaloogjes naar hen kijkt. Leandro en Armando wijzen opgewonden naar het dier en proberen hem met geluidjes naar beneden te lokken.

Als Armando een appeltje omhooghoudt, laat het aapje zich verleiden. Vliegensvlug grist het de vrucht uit Armando's hand, klautert weer in de boom en gaat daar lekker zitten smikkelen.

Op hun gelach komt Dionisia naar buiten. Ze loopt enigszins gebogen en haar gezicht is verweerd door de zon en zit vol rimpels. Haar opvallend groenbruine ogen staan helder en haar hagelwitte tanden glimmen. Haar glimlach is de oeroude lach van een wijze vrouw. Ze begroet hen en nodigt hen uit om voor haar hutje op de grond te gaan zitten.

Ze luistert aandachtig als mamita vertelt wat Aurora is overkomen.

'Ik wist het al,' zegt ze met een zachte melodieuze stem. 'Ik las al een maand geleden in de sterren dat er een kind met een opdracht bij me zou komen. Maar ik wil van haar zelf horen wat er gebeurd is.'

Aurora had met neergeslagen ogen naar haar moeder en Dionisia geluisterd. Zo hoort dat. Als volwassenen praten, houden kinderen hun mond. Nu ze wat mag zeggen, weet ze niet waar ze moet beginnen.

'Vertel maar van de droom,' moedigt mamita haar aan, 'dan komt de rest vanzelf wel.'

Hortend en stotend, maar allengs sneller vertelt Aurora wat haar is overkomen en ze stopt pas met praten als ze aangekomen is bij het beeld in de waterput.

Dionisia knikt af en toe om aan te geven dat alles duidelijk is. 'Je bent uitverkoren, meisje,' zegt ze zacht. 'Doden geven via dromen hun herinneringen door aan de levenden, maar daarvoor kiezen ze alleen iemand uit die kwetsbaar en gevoelig is. Zo weten ze zeker dat er op de juiste manier mee omgegaan wordt. Je bent bijzonder, Aurora, omdat ze jou uitgekozen hebben.'

'Ik ben bang,' stamelt Aurora, 'misschien lukt het me niet om de oerbeelden te begrijpen. Ik wil niet. Kon er maar iemand met me mee.'

'Wees niet bang,' zegt Dionisia. 'Je wordt begeleid door een onzichtbare hand. Heb vertrouwen.'

Als Dionisia Aurora een ogenblik aanraakt, voelt ze een warme, geruststellende tinteling door zich heen trekken. Opgelucht haalt ze adem en vol vertrouwen kijkt ze de goede heks aan.

'Kunt u me echt helpen?' vraagt ze.

'Ik schenk je bescherming, die geeft je kracht en zekerheid. Maar de loop van de gebeurtenissen kan ik niet bepalen. Dat doe je zelf met de mogelijkheden die je tijdens je geboorte geschonken zijn en die je zult ontdekken tijdens je reis.'

Dionisia gaat staan en wenkt Aurora en haar moeder.

'Je vader en broers moeten buiten blijven,' zegt ze. 'Dit is een zaak voor vrouwen.'

Papita gaat een eindje van de hut af met Armando en Leandro in het gras zitten. Hij geeft hun opdracht om brokken lava te zoeken, iets kleiner dan een vuist, en daarmee leert hij hun tellen en rekenen.

Voor Dionisia's hut groeien in potten kruiden, kamille, wijnruit, alsem, doornappel, goudwortel en aluin. De ranken slingeren weelderig over het dak. Voor de deuropening hangen kaneelstokjes. Voor ze naar binnen stappen geeft de goede heks er een aan Aurora.

'Draag dit altijd bij je, want er zullen dingen gebeuren die geen mens van tevoren kan weten.'

Aurora drukt het kaneelstokje tegen haar neus. Het ruikt heerlijk. Ze stopt het diep weg in de zak van haar rok.

De vloer van de hut is van aangestampte aarde en in een

hoek is een open kookplaats. Als haar ogen beter aan de duisternis gewend zijn, ziet Aurora op planken glazen potten en flessen staan die gevuld zijn met vuurrode, amberkleurige en paarse vloeistoffen.

In een hoek liggen beeldjes met een dikke buik die de tovenares beschilderd heeft, om op de markt te verkopen aan vrouwen die graag zwanger willen worden.

Aurora heeft er vaak kinderloze vrouwen mee zien lopen. Ze wiegen de poppetjes als een baby en het werkt, want menig vrouw raakte na verloop van tijd in verwachting en kreeg een kind.

Tegen de wanden hangen bossen met gedroogde kruiden. De geuren verwarren Aurora, sommige ruiken zoet, andere scherp of bitter. Er zijn kruiden bij die ze kent en waar ze de werking van weet, maar de meeste heeft ze nog nooit gezien. Ze groeien alleen op de hellingen van de vulkanen. Daar komen veel mensen liever niet. Je weet nooit wanneer de kwade geesten van de vulkaan met kracht naar buiten stoten om alles wat groeit en bloeit te bedelven onder verschroeiend lava.

Dionisia pakt haar bij de hand en trekt haar in het midden van de hut.

'Denk aan een ster,' zegt ze.

Aurora denkt aan de heldere ster die 's avonds het eerst aan de hemel staat en 's morgens het laatst verdwijnt.

Langzaam en precies tekent Dionisia in de lucht een cirkel.

Aurora kijkt er verbaasd naar.

'Sluit nu je ogen,' zegt Dionisia zacht, maar met besliste stem. 'Stap door de cirkel. De ster die je hebt gekozen zal je leiden en beschermen.'

Aurora doet wat de heks vraagt. Een wonderlijk licht gevoel overvalt haar, alsof ze zweeft en bijna niets weegt.

Daarna wrijft Dionisia over Aurora's ruggengraat. Ze prevelt onbegrijpelijke woorden die overgaan in een vreemd, vragend gezang waar Aurora en haar moeder niets van begrijpen. Het heeft een geruststellende uitwerking op Aurora. Dan geeft Dionisia haar wat rozemarijntakjes.

'Draag die altijd bij je,' zegt ze. 'Ze zullen je beschermen tegen kwade krachten.'

Ze wast Aurora's armen en gezicht met kaneelwater.

'Doe dat als je je onzeker voelt. Het geeft je nieuwe vitaliteit en verzacht pijn. Kamille helpt ook. Je zult het overal op je weg tegenkomen.'

Mamita slaat het ritueel met gepaste eerbied gade.

'Hebt u nog nageltjes en haartjes van uw dochter van vlak na haar geboorte?' vraagt Dionisia.

Aurora's moeder knikt. Natuurlijk, die heeft ze van al haar kinderen bewaard in een speciaal blikje dat ze onder het matras van haar bed heeft gestopt.

'Doe die in een schelp en maak de schelp dicht, boor een gaatje in de rand en rijg er een koordje door. Met deze amulet zullen alleen goede geesten haar begeleiden.'

'Hoe weet ik of ik de goede of de verkeerde dingen doe?' vraagt Aurora onzeker aan Dionisia. 'Ik wil onze voorvaderen niet kwetsen.'

'Goed is wat uit je hart komt,' zegt Dionisia terwijl ze een hand op Aurora's hoofd legt. 'Slecht is wat tussen jou en die liefde staat. In je hart zingt je ziel een lied al vanaf je geboorte en als je dit lied hoort, ben je op de goede weg.'

Aurora knikt. Het stelt haar maar half gerust.

'Wanneer moet ik vertrekken?' vraagt ze. Ze heeft het gevoel dat het niet lang meer zal duren.

'Vertrek als de maan rond en vol is en de nachtelijke wereld je betovert,' zegt Dionisia, 'en loop op blote voeten, dan ben je één met de natuur en voel je de kracht van de aarde. Dan maak je een goede verbinding met de kosmos.'

3

Aurora heeft nog even tijd om zich op haar tocht voor te bereiden. De maan is net over het eerste kwartier heen en iedere avond tuurt ze naar de inktzwarte sterrenlucht en ziet ze dat het hemellichaam elke dag ronder wordt. Ze vreest het tijdstip dat ze moet vertrekken, maar ze weet dat er geen ontkomen aan is.

Haar moeder is druk in de weer. Van jute maakt ze een schoudertas voor de noodzakelijke dingen. Voor de kruiden van Dionisia naait ze speciale vakjes, zodat Aurora ze niet kan verliezen.

Ze pakt een glimmend nieuwe tinnen kroes in.

'Als je water vindt kun je altijd drinken en er zijn bananenbladeren genoeg om van te eten. De natuur zal je genoeg schenken.'

Ze naait een leren buideltje en stopt er een paar muntjes in.

Armando heeft een glinsterende steen in het beekje gevonden en die twee dagen buiten gelegd, zodat de energie van de zon erin trok.

'Neem die ook mee,' zegt hij tegen zijn zusje. 'Vergeet ons niet en kom terug.'

Zijn stem trilt en hij bedwingt met moeite zijn tranen, maar Leandro brult het uit.

'Wie zal me troosten als ik gevallen ben?' jammert hij.

'Ik ben er toch,' zegt mamita verontwaardigd.

'Ja, maar u bent er niet altijd als ik val en u kunt ook niet zo hard rennen als Aurora.'

Ze lachen om het kleine jongetje. Aurora trekt hem op schoot en knuffelt hem.

'Het komt allemaal wel goed,' fluistert ze zacht in zijn oor. Maar tegelijkertijd hoort ze een stemmetje in haar hart, dat twijfel zaait en haar onzeker maakt. Ze pakt het kaneelpijpje dat ze altijd bij zich draagt en ruikt eraan. Het helpt maar een klein beetje tegen het onrustige gevoel vanbinnen. Ze laat niets merken en zet een ketel water op om de zwachtels rond haar moeders benen te verschonen en om thee te zetten.

'Ga jij maar kamille zoeken,' zegt ze tegen Leandro, 'dat kun je als de beste.'

Het jongetje rent opgetogen weg. Hij is zijn verdriet alweer vergeten.

Papita heeft de geboortenageltjes en -haartjes van Aurora in een kleine schelp gestopt en met was dichtgesmeerd. Van gedroogd gras heeft hij een koordje gevlochten, zodat Aurora de amulet om haar hals kan dragen.

'Doe hem maar meteen om,' zegt hij, terwijl hij het koordje vastknoopt.

De blankroze schelp steekt mooi af tegen haar lichtbruine huid.

'Prachtig!' zegt mamita tevreden. 'Een herinnering aan je allereerste bestaan. Het betekent dat je leeft. Verlies de amulet niet.'

Maar dan is de maan rond en staat vol aan de sterrenhemel. Aurora eet samen met haar ouders en broertjes een laatste maaltijd van rijst met bruine bonen. Er was zelfs als afscheid een stukje gedroogd varkensvlees, dat mamita speciaal voor de gelegenheid had bewaard.

Voor hun huisje omarmt Aurora allen die haar lief zijn. Ze is bang om alleen het donker in te gaan, maar ze voelt ook een sterke innerlijke kracht en als die bij haar blijft zal ze vinden wat ze zoekt, dan zullen alle sagen en mythen voor haar kinderen en kleinkinderen bewaard blijven. Het zal hun generaties lang geluk brengen als zij alle oerwijsheden kan doorgronden.

Een ogenblik aarzelt ze. Zal ze haar familie ooit terugzien? Zal mamita niet zieker worden? En Leandro, hij is nog maar zo klein. Armando, daar zit ze het minst over in. Die redt zich wel.

Maar dan zet ze die zorgelijke gedachten van zich af. Ze houden allemaal van elkaar en papita zal voor hen zorgen.

'In welke richting zal ik gaan?' vraagt ze.

'Ga in de richting waar de zon zich verstopt,' zegt mamita. 'Daar is de wereld het mooist en zul je vinden wat je zoekt.'

'Kijk,' zegt papita, terwijl hij naar boven wijst. 'Er hangt rond de maan een cirkel van licht. Dat is vast een gunstig teken.'

Het stelt Aurora gerust. Dan gaat ze op pad. Ze draait zich nog eenmaal om en steekt haar hand op, maar al snel vervagen de silhouetten van haar familieleden in de duisternis en is ze alleen.

In het begin stapt ze stevig door. In deze streek is ze geboren. Ze heeft er honderdduizend voetstappen gezet. Ze kent iedere hobbel en kuil en iedere kronkeling in een pad. Ze kent het ruisen van beekjes en bronnen waar ze altijd water ging halen en ze kent de geluiden van de nachtdieren die geheimzinnig tussen de bladeren ritselen.

Ze passeert hutjes met scheefgezakte deuren. Schamele gordijnen waaien door de open tralieramen naar buiten. Houtskoolvuurtjes smeulen na. Alles is stil, alleen een magere hond slaat aan. Hij ligt aan de ketting en zijn geblaf verstomt als ze rustig doorloopt.

24

Ze schrikt als onverwacht een leguaan voor haar voeten het droge gras in ritselt. Alweer een teken dat geluk zal brengen!

Aan de stand van de maan ziet ze dat ze al een paar uur heeft gelopen. Bij een kleine bron haalt ze de nieuwe kroes uit haar tas om wat te drinken. Nieuwsgierig tuurt ze in de donkere diepte van het water. Er gebeurt gelukkig niets. Ze vult de kroes een paar keer en drinkt gretig.

Dan gaat ze verder terwijl lichtgevende nachtvlinders vrolijk om haar heen dansen, alsof ze haar de weg willen wijzen in de nu onbekende duisternis. Langzaam maar zeker kruipt er een gevoel in haar, waarvan ze weet dat het de overhand niet mag krijgen, omdat het verlammend zal werken. Het is eenzaamheid en angst. Hier kent ze niemand. Wie moet ze in nood om hulp vragen? Wie zal haar helpen? Haar hart bonst als ze op een krakende tak trapt en bijna haar evenwicht verliest. Ze is moe. Ze moet even rusten, normaal zou ze al uren slapen.

Ze kijkt om zich heen. Ze loopt in het open veld, buiten de gebaande paden. Nergens is een huisje waar ze aan kan kloppen, nergens is een afdak om beschutting onder te zoeken. De muskieten zoemen om haar bezwete hoofd en prikken haar genadeloos. Morgen moet ze een citroen kopen om zich ter bescherming met het sap in te smeren. Ze heeft het geld geteld dat mamita haar in een leren buideltje meegegeven heeft. Ze moet er zuinig op zijn, want veel is het niet.

Ze vindt een plek waar het gras hoog opgegroeid is en gaat er liggen met de jute tas onder haar hoofd als kussen. Halmen en takken buigen zich over haar heen. Het is er veilig en zacht. Even vecht Aurora tegen de slaap, maar dan vallen haar ogen dicht. Een donkere lok haar valt voor haar fijne gezichtje. In haar droom lacht ze om haar ouders en broertjes.

Armando heeft weer eens een nieuw spelletje bedacht. Met vriendjes heeft hij een boomstam gelegd over het beekje achter hun huis en om beurten moeten ze op handen en voeten, of hinkelend op één been aan de overkant proberen te komen. Er gaat gejuich op, als er een jongen of meisje in het water valt en kletsnat op de kant kruipt. Leandro ziet ze niet, die zit zeker weer dicht bij mamita en bedelt om kusjes voor op een zere knie.

In haar slaap wrijft ze over haar arm. Een zachte aanraking wekt haar uit het diepst van haar droom, maar maakt haar niet helemaal wakker.

'Niet doen, Leandro,' mompelt Aurora zacht. 'Ik ben moe, ik wil nog even slapen.'

Weer voelt Aurora de zachte aanraking. Deze keer in haar gezicht. Ze slaat haar ogen open, doet ze weer dicht en gaat dan verschrikt overeind zitten.

Naast haar in het gras zit een witte hond. De meeste loslopende honden zijn vals, maar deze likt op zijn gemak zijn vacht en kijkt haar met zijn bruine ogen goedig aan.

Het is *El Cadejo*, schiet door Aurora heen, mijn witte *Cadejo*. De hond waarover mamita al vertelde, toen ze een klein meisje was en Leandro ziek en teer geboren werd.

'Bovendien krijgt ieder mens bij zijn geboorte een begeleider mee,' zei mamita toen. 'Als een mensenkind wordt geboren, wordt er op hetzelfde moment in de bergen zijn dierlijke dubbelganger geboren. Hij draagt zijn ziekten of dood mee en zal hem beschermen en jullie zullen hem in je leven ook ontmoeten.'

'Leandro ook?' hadden Aurora en Armando gevraagd, terwijl ze naar het naar adem snakkende nieuwe broertje in hun moeders armen keken.

'Ook dit jongetje heeft een begeleider. Het is zijn lot, net zoals het jullie lot is. Maak je geen zorgen. Jullie broertje is al

26

beschermd. Hij zal het wel redden.'

Mamita had de tere baby in doeken gewikkeld en in een houten mandje vlak bij het vuur gelegd en hem met een lepeltje geduldig gevoed, omdat zijn zuigkracht niet sterk genoeg was om haar borst te legen.

Leandro bleef kwetsbaar, maar hij redde het.

En mamita beweerde dat dat te danken was aan de witte *Cadejo*, die ze verschillende nachten voor hun huisje heen en weer had zien lopen.

Aurora probeert de hond te aaien, maar iedere keer duikt hij weg. Hij wordt groter en zijn vacht heeft een helder witte weerschijn.

Als de lucht rozerood kleurt, vervaagt het dier. Nog even, dan zal de zon boven de horizon verschijnen en het duister van de nacht verdrijven.

Aurora tuurt in de verte naar de plek waar ze de hond het laatst gezien heeft. Maar hij is verdwenen. Ze hoopt dat hij vaker aan haar zal verschijnen en haar zal beschermen tegen de boze geesten die in de nacht rondzwerven.

Ze herinnert zich de woorden van mamita. 'De witte *Cadejo* staat voor het goede in de mens,' had ze gezegd, 'maar de zwarte *Cadejo*, die kun je beter niet tegenkomen, die staat voor al het kwade en slechte in de wereld.'

4

De dagen daarna blijft Aurora lopen in de richting waar de zon ondergaat, alleen dan zal ze vinden wat ze zoekt, heeft mamita immers gezegd. Soms stapt ze vol goede moed voort, soms laat ze zich hulpeloos en verlaten in het gras vallen. De nachten zijn zwoel en eenzaam. De witte hond heeft ze niet meer gezien. In het donker werd ze een paar keer wakker van onbekende geluiden. Met een bonkend hart maakte ze zich dan zo klein mogelijk, maar haar slaap bleef onrustig en ze droomde angstig over zwarte schaduwen die om haar heen dansten als rookslierten in de wind.

Overdag loopt ze langs kleine dorpjes, waar kinderen in de zon spelen of met jerrycans water slepen om de groenten in hun moestuintjes te begieten. Op een markt koopt ze een citroen en een mango en bij een verroeste pomp vlak bij een paar huisjes lest ze haar dorst. Als ze even uitrust, soest ze weg in de warme zon. Een oude man zoekt op de tast zijn weg en komt even later naast haar zitten.

Vanuit haar ooghoeken neemt ze hem nieuwsgierig op.

Zijn donkerbruine mantel zit onder het stof en is tot op de draad versleten. Hij heeft een lange witte baard en donker haar valt tot op zijn schouders. Hij loopt op blote voeten, net zoals zijzelf. Ondanks zijn ouderdom is zijn huid glad en zacht. Aurora schrikt als hij opeens zijn gezicht naar haar toe draait. Zijn ogen zijn gebroken, al het licht is eruit verdwenen en ze realiseert zich dat hij blind is.

Mamita waarschuwde haar altijd om nooit een vreemde man aan te spreken, maar hij ziet er vriendelijk uit. Hij zal haar vast geen kwaad doen. Misschien heeft hij hulp nodig.

'Zoekt u iets?' vraagt ze, terwijl ze zacht zijn arm aanraakt en op haar hoede blijft.

'Ik zoek jou, mijn kind,' zegt hij met een warme, donkere stem. 'Ik wil je de weg wijzen, zodat je niet zult verdwalen.'

'Maar hoe weet u wat ik zoek?' vraagt Aurora en dan voegt ze er aarzelend aan toe: 'En u bent blind.'

De glimlach van de man lijkt op die van Dionisia. Van haar lach ging dezelfde kracht uit en Aurora voelt zich meteen meer op haar gemak.

Ze kijkt naar de man, maar hij zit in gedachten verzonken naast haar en lijkt haar vergeten te zijn. Hij zocht haar en heeft haar gevonden, maar wat wil hij?

Ze herhaalt haar vraag, maar de man geeft weer geen antwoord en maakt een gebaar dat haar maant tot rustig afwachten.

De warmte van de zon en het gezoem van de muskieten hebben een verlammende werking op haar gedachten. Ze zucht diep en nog eens, dan begint de oude man te praten.

'Je bent op zoek naar het goed en kwaad in de wereld, dat verschuilt zich in de mens, dus ook in jouzelf. Je voorvaderen zullen je in je dromen begeleiden. Zij wijzen je de weg. Als je luistert zul je niet verdwalen. Je bent een Sutiaba. Je geest is van goud en je dromen zijn van zilver.'

'Maar ik ben al ver van huis. Hoelang duurt het nog voor ik vind wat ik zoek?'

'Je hoeft alleen maar te luisteren naar de stem van je hart,' gaat de man verder. 'Jij weet intuïtief wat goed en wat slecht is.'

'Maar dat weet ieder mens toch!'

'Ieder mens krijgt dat zeker weten bij zijn geboorte mee, maar niet iedereen luistert ernaar. Mensen kunnen ver van hun diepste wezen af raken en dan vind je nooit wat je zoekt. Dat gebeurt vooral als ze op zoek zijn naar macht of winst of als ze willen heersen over de zielen van anderen. Jij bent niet voor niets uitverkoren. Je bent kwetsbaar en je hebt respect voor de natuur en voor alles wat leeft. Alleen een kind zo zuiver als jij kan de oerbeelden doorgronden, want ze leven in jezelf. Je bent je er alleen nog niet van bewust.'

Aarzelend kijkt Aurora naar de man op.

'Mijn moeder zei dat ik moest lopen naar de plek waar de zon ondergaat, want daar is de wereld het mooist en zal ik het geheim vinden, maar na iedere dag lopen ligt de horizon steeds even ver weg.'

'Hoelang ben je al onderweg?'

'Al minstens een week,' antwoordt Aurora.

'Denk je het leven te kunnen doorgronden in een week?' vraagt de man een beetje spottend.

Aurora buigt beschaamd haar hoofd. Hij heeft gelijk. Ze is nog jong. Het leven heeft haar vrolijke en verdrietige dingen gebracht, maar de vrolijke dingen overheersen. Echt intens verdriet heeft ze alleen gekend toen haar grootouders stierven. Ze was een klein meisje en Armando en Leandro waren nog niet geboren. Ze kan zich er nog maar weinig van herinneren. Diep in haar ligt een koude, donkere plek van stil verdriet, die haar soms pijn doet, maar waar ze zich meestal snel overheen zet.

'Geef jezelf de tijd, luister naar je dromen, maar leef ook in het nu, want dan alleen bereik je je doel.'

Aurora denkt na over de woorden van de oude man. Ze neemt een hap van een zuur appeltje, dat ze onderweg heeft geplukt. Ze biedt hem er ook een aan, maar hij schudt zijn hoofd en legt een magere hand op haar schouder. Zijn hand voelt niet warm aan, maar is koud, ijskoud. Aurora huivert en onwillekeurig kruipt ze een eindje bij de man vandaan. Hij merkt het.

'Niet bang zijn,' zegt hij zacht. 'Je moet niet bang zijn. Het leven daagt je uit, durf erop in te gaan, maar blijf jezelf trouw en laat je niet verleiden tot iets wat je zelf niet wilt. Je bent een vrij mens, onthoud dat goed.'

Ze zitten nog een tijdje zwijgend naast elkaar.

'Kunt u me zeggen welke kant ik op moet?' vraagt Aurora.

'Als ik dat weet, bereik ik sneller mijn doel.'

'Ach, ik ben blind,' antwoordt de man. 'Ik voel de kracht van de zon, maar ik zie dat gouden schijnsel niet. Ik hoor vogels fluiten, maar ik zie niet hoe mooi ze zijn. Ik ruik de houtskoolvuurtjes en de pruttelende pap daarboven, maar als ik er te dichtbij kom, zal ik me zeker bezeren. Ik kan je niet vertellen welke paden je moet bewandelen. Jij kunt zien, in jouw ogen weerkaatst alles wat groeit en bloeit. Gebruik het licht in je ogen, maar ontwikkel ook je andere zintuigen. Dan ontstaat er evenwicht in jezelf en een innerlijke harmonie die je rijk en gelukkig zal maken. Dan vind je de weg vanzelf.'

Aurora luistert stil.

'Maar hoe doe ik dat?' vraagt ze na een poosje.

'Doe je ogen dicht,' zegt de man, 'en beschrijf me wat er gebeurt.'

Aurora legt haar handen voor haar ogen en concentreert zich op haar omgeving.

De warmte van de zon begint sterker te branden op haar huid en het gezoem van de muskieten wordt intenser en zwelt aan tot een monotoon koor, dat toeneemt en afneemt, als golven in de branding.

Ze ruikt de milde zoete geur van wilde bloemen die om haar heen in het droge gras groeien en die ze nog niet eens gezien had. Kamille overheerst. Ze voelt een torretje op haar been kriebelen en heel in de verte hoort ze het geruis van de wind die geluiden meeneemt van ver weg. Kinderstemmen, geloei van een koe, flarden treurige muziek. Alle geuren en geluiden vullen haar hart en als ze haar ogen opent doorstroomt haar een intens geluksgevoel. Zo sterk als ze nooit eerder ervaren heeft.

Ze opent haar ogen en kijkt opzij, maar de oude man is verdwenen. Ze gaat staan en tuurt met haar handen boven haar ogen de omgeving af. Maar het lijkt wel alsof hij opgelost is in het niets. Een zachte bries steekt op, een lok haar valt speels voor haar gezicht.

'Blijf dicht bij de kracht van de aarde, mijn kind,' hoort ze fluisteren. 'Gebruik de reinigende en verfrissende werking van water, geniet van de lucht die je inademt, droom mee met het licht in de wolken, maar blijf uit de buurt van de allesverzengende kracht van vuur. Neem mijn raad aan, dan ben je gelukkig! Gelukkig... gelukkig,' echoot het na in de verte.

De wind die plotseling opstak is weer gaan liggen. Aurora vult haar kroes nog een paar keer met water en drinkt gulzig. Dan plukt ze wat kamille, wrijft het gele hart tussen haar handen fijn, vermengt het kruid met water en smeert het mengsel op haar armen en gezicht.

Verkwikt gaat ze weer op pad. Ze passeert mensen die terugkomen van de markt. Moeders met kleine kinderen aan hun rokken. Meisjes in versleten jurken met daarover kanten schortjes waarin het op de markt verdiende geld rammelt. Ze zingen een lied terwijl ze lopen. Jongetjes klauteren in een malinche, plukken de peulen en rammelen ermee op de maat. Een man ploetert met zijn fiets beladen met brandhout door het rulle zand.

Aurora geniet van dit alles. Ze voelt zich zeker en vrij. De angst en onzekerheid die haar de afgelopen dagen vaak had geplaagd is verdwenen.

Ze denkt terug aan de woorden van de man. Ze zal zijn raad opvolgen. Ze zal niet alleen haar ogen gebruiken en kijken naar de wereld om haar heen, maar er ook voor zorgen dat al haar andere zintuigen haar ogen aanvullen. Niets zal haar dan ontgaan. Langzaam groeit in haar het besef dat alles wat ze weten wil in kleine dingen ligt, juist in kleine dingen die bijna niet opvallen en die je door de drukte van alledag niet eens opmerkt.

5

Dagenlang loopt Aurora in de brandende zon. Ze ontmoet vriendelijke mensen die haar de weg wijzen naar de plek waar de zon ondergaat.

'Gewoon rechtdoor lopen,' zeggen ze, 'dan kom je er vanzelf.'

'Als je de koelte van de oceaan aan je voeten voelt, dan ben je er bijna.'

'Wil je de zon pakken? Lief kind, dat zal niet gaan. Maar je kunt je wel koesteren in zijn gouden stralen en genieten van zijn warmte.'

Soms nodigen mensen die medelijden met haar hebben omdat ze alleen op reis is, haar uit om bij hen te overnachten, maar ze geeft er de voorkeur aan om ergens buiten een plekje te zoeken. Ze is nu gewend aan de heldere frisse lucht en ze heeft moeite met in slaap vallen als ze het geroep van de nachtdieren niet hoort. Bovendien zou een zacht bed of een wiegende hangmat haar te veel aan thuis herinneren. Af en toe komt een heftig verlangen boven, maar ze stopt dat diep weg in een plekje in haar hart, waar gevoelens liggen die pijn gaan doen als ze er lang over nadenkt.

Iedere morgen als Aurora wakker wordt voelt ze of de amulet nog om haar hals zit. Soms drukt ze er een kus op. Dan voelt ze de warmte van thuis en ziet ze haar ouders en broertjes rond het vuur zitten. Of ze pakt de glinsterende steen die Armando haar meegegeven heeft en drukt hem tegen haar hart, dan lijkt het net of ze haar broertje omhelst. Even raakt ze overmand door verdriet, maar ze mag hen niet teleurstellen. Ze moet flink zijn, alleen dan kan ze haar doel bereiken.

Ze heeft zich al dagen niet gewassen. Haar rok en blouse zijn gekreukt en smerig. Haar gezicht, armen en benen zitten onder de modder. Ze ziet eruit als een straatkind en merkt dat moeders snel hun kleine kinderen binnenhalen, alsof ze bang zijn dat zij hen kwaad zal doen.

Het begon toen ze op een morgen wakker werd. Ze was gestoken door een insect. Haar linkeroog prikte en traande voortdurend.

'*La Llorona*,' had een jongetje in paniek geroepen, terwijl hij naar haar wees, en alle kinderen waren in een tel verdwenen.

Aurora moest erom lachen. De huilebalk! Ze noemden haar de huilebalk. Zo erg zal het toch niet zijn. In een stroompje, vlak bij een wasplaats, buigt ze zich voorover om zichzelf in het heldere water te bekijken. Ze schrikt, haar oog ziet er lelijk en gezwollen uit en een spoor van tranen heeft op haar wangen zwarte vegen nagelaten. Ze wast haar gezicht en legt kalmerende kamilleblaadjes op haar oog en daarna houdt ze het kaneelpijpje ertegen. Niets helpt.

Ze kijkt om zich heen. Wasgoed hangt aan struiken te drogen, maar iedereen is naar binnen geglipt. Ze verschuilt zich achter wat bosjes, kleedt zich uit, bindt haar kleren aan een tak en hangt ze in het water om te weken. Daarna wast ze zich tot haar lichaam tintelt en vochtig haar in slierten op haar schouders valt.

Ze wast haar kleren door ze tegen een rotsblok te slaan en hangt ze te drogen in de zon. Ze gaat er zelf naast liggen met haar ogen dicht, haar naaktheid bedekkend met laaghangende takken en bladeren.

Ze geniet van de warmte van de zon die haar huid droogt. De lucht is blauw en wolken drijven langzaam voorbij. Ze doezelt weg. Er ontstaan gezichten, ze hoort stemmen, dichtbij en ver weg.

Ze ziet een meisje zo oud als zij, dat in de rivier de kleren van haar broers wast en haar moeder helpt bij het maken van *tortillas*.

Onder het werken geeft haar moeder haar wijze raad.

'Denk erom, kind, dat het bloed van slaven nooit wordt vermengd met dat van beulen. Je bent een Sutiaba en je blijft een Sutiaba. Onthoud dat!'

Aurora ziet het meisje iedere dag naar de rivier gaan om de was te doen. Dan ontmoet ze een blanke man. Ze raakt betoverd door zijn vriendelijkheid en ze ontmoeten elkaar iedere dag. Maar dan blijkt ze zwanger te zijn.

Haar familie is blij, want een kind is altijd welkom en kan als het groot is voor de ouders zorgen, als zijzelf geen kracht meer hebben. Maar de moeder van het meisje weet niet dat de vader van het kind een blanke is. Als de bevalling nadert komt er een boot aan. De blanke man gaat terug naar zijn geboorteland, Spanje. Het meisje smeekt hem haar en het kind dat nog niet geboren is mee te nemen, maar hij gaat zonder te groeten aan boord en verdwijnt. Het meisje is ontroostbaar, maar als haar kind geboren is, slaat dat verdriet om in boosheid.

'Mijn moeder heeft me gezegd dat het bloed van slaven niet vermengd mag worden met dat van beulen!' schreeuwt ze. Ze loopt naar de rivier en gooit haar kind erin.

Aurora draait zich onrustig om. Wat gebeurt er? Is zij dat meisje? Dan hoort ze het stemmetje van het jongetje, dat verdrietig over het water klinkt.

36

'Ay mama, ay mama,' klinkt het steeds verder weg.

Het meisje realiseert zich wat ze gedaan heeft en probeert haar kind te pakken.

Maar de sterke stroming neemt het mee. Het meisje gilt het uit en wordt gek van verdriet, omdat ze beseft wat ze haar kind heeft aangedaan.

Aurora wordt wakker als het al donker is. Ze rekt zich uit, maar houdt dan verschrikt haar adem in. Langs de oever van het riviertje rent een in het wit geklede vrouw, haar kleed wappert om haar heen. Ze schreeuwt en gilt en trekt haar haren uit haar hoofd en heel in de verte klinkt een verdrietig stemmetje van een kind.

Aurora huivert. Op de tast zoekt ze haar kleren en ze kleedt zich snel aan. De sterren fonkelen als heldere diamanten aan de hemel. Maar ze heeft er geen oog voor.

Haar hart bonst onrustig. Wat gebeurde er? Was het een droom? Is dit de huilebalk waar de moeders hun kinderen voor naar binnen haalden? Dachten ze dat zij het was die liep te gillen en te schreeuwen in de nacht toen ze haar met haar tranende oog zagen? Is het een vrouw, een heks misschien, die 's nachts niet slaapt en langs de rivier zwerft?

Voorzichtig loopt Aurora in de richting van de rivier. Ze ziet of hoort niets meer. Of toch wel? Heel in de verte klinkt zwak het geschrei van een kind.

'Ay mama, ay mama…'

Een koude rilling trekt over Aurora's rug. Ze moet weg hier. Maar welke kant moet ze op? De maan is slechts een sikkel en de sterren, die haar anders altijd zo lieflijk lijken, hebben meer weg van ogen die haar priemend aankijken. Ze pakt haar amulet en zoekt de ster die ze bij Dionisia tijdens het ritueel gekozen heeft en die haar moet beschermen. Ze zucht opgelucht als ze hem heeft gevonden. Stel je voor dat juist die ster er niet meer was. Wat zou er dan van haar moeten worden? Met haar hand achter haar oor luistert ze nog eens aan de oever van de rivier. Alles is gelukkig stil, zelfs de nachtvogels zijn geschrokken en verschuilen zich.

Met haar armen om haar opgetrokken knieën heen blijft Aurora onder een malinche zitten tot de zon opkomt en de wereld weer kleur geeft, het groen in de bomen tovert en het roze en geel in de bloemen. De donkere sterrennacht is weer helderblauw en om haar heen gonzen en zoemen bijen en malariamuggen. Ze heeft honger en kijkt om zich heen, maar nergens ziet ze iets eetbaars. Ze buigt zich aan de waterkant voorover en spoelt haar gezicht af. Haar oog ziet er beter uit, is minder gezwollen en traant niet meer. In het dorp achter haar beginnen de geluiden van een nieuwe dag. Een kind huilt, een moeder klapt balletjes deeg in haar handen plat om er *tortillas* van te maken. Aurora niest van de geur van vuurtjes. Het water loopt in haar mond als ze verse pap ruikt.

Plotseling hoort ze achter zich geritsel in het hoge gras. Een jongetje, zo oud als Leandro, loopt naar haar toe en pakt haar hand. Hij zegt niets, maar lacht vriendelijk naar haar en trekt haar mee, naar een hutje dat verderop tussen de struiken staat.

Aurora aarzelt. Maar voor zo'n klein jongetje hoeft ze niet bang te zijn.

Voor het hutje zit een jonge vrouw op een schommelstoel heen en weer te wippen. Ze heeft een baby aan de borst en een man roert met een houten lepel in een pan pap.

'Kom,' zegt hij vriendelijk. 'We zagen je gisteren lopen en omdat je nog hier bent, zul je wel honger hebben. Eet met ons mee.'

Dat laat Aurora zich geen twee keer zeggen. Ze gaat naast de vrouw op een driepotige kruk zitten en pakt de kom pap die de man haar aanreikt.

Gulzig slurpt ze de zoete inhoud naar binnen en dan knikt de vrouw naar haar man en schept hij de kom nog eens vol.

'Dank u wel,' zegt Aurora. 'Het was heerlijk.'

Ze wil opstaan om weg te lopen, maar de vrouw pakt haar arm.

'Blijf nog even, voor je verder gaat,' zegt ze. 'Waarom ben je alleen op reis?'

Aurora aarzelt. De avond voordat ze vertrok had haar vader haar op haar hart gedrukt niet meteen iedereen te vertrouwen. Maar dit leken haar vriendelijke en eerlijke mensen en ze had al een lange tijd met niemand gesproken. Daarom vertelt ze de reden van haar reis.

Ze zegt niets over het gezicht in de bron en niets over de stemmen en gedaanten die ze 's nachts in haar dromen hoort en ziet.

'Mijn moeder kan niet goed lopen,' legt ze uit, 'en mijn broertjes zijn nog te jong. Bovendien kunnen alleen vrouwen de sagen en mythen zien en begrijpen. Ik ben een Sutiaba en ik moet voor ik sterf alle geheimen van mijn volk aan mijn kinderen en kleinkinderen doorgeven.'

De vrouw knikt ernstig.

'Je voorvaderen hebben jou uitgekozen. Dat is heel bijzonder. Jij zult als je een oude wijze oermoeder bent, je nageslacht kunnen vertellen wat de verhalen betekenen. Ze zullen ernaar leven en gelukkig zijn.'

'Vannacht heb ik de huilebalk weer gehoord,' zegt het jongetje dat met een stok gloeiende kooltjes uit het vuur wipt.

'Heb jij het ook gehoord?' vraagt hij aan Aurora. Hij kijkt haar nieuwsgierig aan en dan pas ziet ze dat hij het jongetje is dat hard voor haar weg was gerend.

Aurora knikt.

'Ik heb haar gehoord en gezien en ik heb haar kind horen roepen.'

'Het is bijzonder dat je haar gezien hebt. Wij wonen zo dicht bij de rivier. We horen haar vaak, maar gezien hebben we haar nog nooit.'

'Maar wat betekent die verschijning dan?' vraagt Aurora.

'Ze zeggen dat *La Llorona* ons waarschuwt dat we nooit de raad van onze moeder in de wind moeten slaan,' antwoordt de vrouw zacht. Ze verwisselt de luier van haar dochtertje. 'Ik ben ook een Sutiaba en ik zal er zeker voor zorgen dat mijn kinderen naar me luisteren. Misleiding moet je altijd met heel veel pijn betalen en dat verdriet wil ik ze besparen.'

Ze zwijgt even en knuffelt het meisje, gaat dan verder.

'*La Llorona* is vervloekt en vindt geen rust, omdat ze niet had geluisterd naar de wijze raad van iemand die ouder is en daarom zal ze eeuwig blijven zwerven en ongelukkig zijn.'

'Kent u nog meer verhalen van onze voorvaderen?' vraagt Aurora.

'Er zijn er zoveel, maar de betekenissen begrijp ik niet altijd.'

Een ogenblik kijkt de jonge vrouw Aurora aan.

'Jij zult groeien en veel ontdekken, maar het is net zoals het leven zelf: dat proces gaat gepaard met blijdschap en geluk, maar ook met pijn en verdriet. Je moet het ondergaan. Je kunt er niet aan ontkomen.'

6

Opgewekt gaat Aurora op pad. De wasbeurt, de schone kleren en gevulde maag hebben haar goed gedaan. Ze neuriet zacht een wijsje terwijl ze voortstapt. Ze nadert de grote stad León. De wegen worden drukker. Auto's rijden voorbij. Onder hun wielen stuift het zand hoog op en prikkelt in haar neus en ogen. De auto's zijn oud en gebutst, met kapotte ramen en verveloze bumpers. Vrouwen sjouwen met karren volgeladen met fruit dat ze op de markt gaan verkopen. Een jongen op een fiets zonder banden heeft zijn handel van plastic bakjes, bekers en emmertjes aan het stuur gehangen en achter op de bagagedrager gebonden. Slingerend vervolgt hij zijn weg, meisjes met schalen *tortillas* op hun hoofd ternauwernood ontwijkend. Ze slaken gilletjes als hij hen passeert en lachen als hij even later met zijn fiets in het zand ligt.

Een vrouw helpt hem overeind.

'Memo, wanneer leer je eens fietsen? Koop banden om je fiets, dan val je minder vaak.'

Maar Memo klopt zijn broek af, verzamelt zijn gevallen waar, stapt weer op de fiets en slingert verder. De vrouw kijkt hem hoofdschuddend na. Aurora lacht om het voorval. Na dagenlang langs stille dorpjes en door open vlaktes gelopen te hebben, is de stad een welkome afwisseling.

Op het plein voor de kathedraal zitten mannen te praten in

de schaduw van een laurel. Schoenpoetsers voor het postkantoor proberen elkaar klanten af te troggelen en geven broederlijk een sigaret door, terwijl ze nieuwtjes uitwisselen en fluiten naar ieder meisje dat voorbijkomt.

Aurora gaat op de stoeprand zitten om uit te rusten en om alles op zich in te laten werken. Het gonst in haar hoofd. Hier in de stad is het te druk. Ze zal er niet vinden wat ze zoekt. Alleen als het in haar en om haar heen rustig is, zullen de voorvaderen haar dromen bezorgen. Ze haalt het buideltje met geld te voorschijn. Er zitten nog een paar *córdobas* in. Ze zou ijs willen kopen, of een plastic zakje met limonade waarmee kinderen op iedere straathoek staan te leuren.

Ze beheerst zich. Iets te drinken vindt ze altijd wel. Ze kan er beter iets te eten voor kopen.

Ze slentert langs de kraampjes op de markt en vindt een weggerolde mango, die ze snel in haar jutetas stopt. Bij een kraampje waar veel vliegen omheen zwermen graaien vrouwen in hompen vlees. Ze wegen ze op hun hand en leggen ze terug als het stuk te zwaar is en dus te duur is.

Aurora kan de verleiding niet weerstaan en koopt bij een meisje van een jaar of negen een paar stukjes *vigorón*, varkenshuid om op te knabbelen. Het meisje wikkelt de stukjes in een oude *La Prensa*, de belangrijkste krant van het land. Aurora gaat op een muurtje zitten en vouwt de krant open. Ze neemt kleine hapjes van de lekkernij om er zo lang mogelijk van te genieten en leest de koppen op de pagina.

Haar oog valt op een foto van een vrouw die lachend een handvol munten toont en wijst naar haar half afgebroken huis.

DOÑA MARÍA CARMEN VINDT SCHAT VAN KOLONEL JOAQUIN ARECHAVALA, staat er boven de foto.

Aandachtig leest Aurora het bijbehorende artikel. Een schat!

Die zou zij ook wel willen vinden! Ze zou als ze weer thuis-kwam niet alleen alle sagen en mythen kennen, maar ook rijkdom meebrengen. Ze zouden in tijden van droogte nooit meer honger hebben. Mamita zou naar de beste dokter van het land kunnen, zodat haar benen zouden genezen, en Armando en Leandro konden misschien wel gaan studeren. En papita hoefde zich niet meer voor een paar *córdobas* af te beulen bij andere mensen. Dagdromen! Ze leest verder.

Kolonel Arechavala jaagt de mensen in León 's nachts schrik aan. Hij was een rijk man, die door de koning van Spanje Carlos ii de Bourbon naar Nicaragua werd gestuurd en bevorderd werd tot kolonel op 14 februari 1791. Deze titel droeg hij tot 1821, toen de onafhankelijkheid van Centraal-Amerika in Guatemala werd uitgeroepen.

Hij stierf op 95-jarige leeftijd en had tijdens zijn leven veel rijkdommen vergaard, huizen, een fabriek, *haciendas*, maar ook potten vol gouden munten, die hij in de muren van zijn huizen metselde, zodat niemand eraan kon komen.

In gedachten verzonken vouwt Aurora de krant dicht. Ze neemt nog een hapje van de varkenshuid en stopt de rest in haar tas.

Ze moet die María Carmen vinden. Ze wil meer weten over die kolonel. Ze is toch op zoek, misschien kan ze net zo goed meteen zoeken naar zijn schatten. Dan zal ze rijk zijn en haar hele leven geen geldzorgen meer hebben.

Aurora loopt naar een vrouw die zeep, shampoo, borstels en kammen verkoopt. Een klein jongetje leunt slaperig tegen haar aan. Aurora laat de vrouw de foto uit de krant zien. Aandachtig bekijkt ze hem, maar ze schudt haar hoofd. Ze weet het niet. Het is ook al een oude krant en eigenlijk leest ze de krant nooit.

Aurora slentert verder, vastbesloten om María Carmen te vinden. Ze bestudeert op de foto het huisje waar de vrouw voor staat. De meeste huizen in León zijn vrolijk roze, geel of blauw geschilderd, maar het is een zwartwitfoto, dus die helpt haar niet echt verder.

Op de foto steekt boven het half afgebroken huis een gevel uit. Met moeite kan Aurora de letters ontcijferen. San Ramónschool, spelt ze. Daar moet het vlakbij zijn!

De sirene van twaalf uur loeit. Vrouwen die al de hele morgen in de brandende zon hun waren verkopen, graaien de laatste meloenen en bananen bij elkaar en grijpen de smoezelige handjes van hun peuters die in het zand hebben zitten spelen. Om twaalf uur komen de mannen van hun werk voor het middagmaal. De vrouwen hebben haast.

Aurora durft hen niet aan te spreken. In de verte nadert een groepje schoolkinderen. Ze herkent hen aan hun witte blouse en blauwe rok of broek. De meisjes dragen witte sokjes en hebben linten in hun haar en de jongens hebben stoere schooltassen, die uitpuilen van de boeken. Even schiet een vlaag van jaloezie door haar heen. Was zij maar een van die meisjes, dan ging ze ook naar school. Dan had ze ook zo'n mooi schooluniform, en iedereen die haar zag zou zeggen: 'Daar gaat Aurora, die is toch zo knap. Ze telt met gemak tot duizend en ze heeft zo'n keurig handschrift. Die komt er wel!'

Het groepje kinderen passeert zonder haar een blik waardig te keuren. Een jongen botst met zijn schooltas tegen haar op. Ze kan zich nog net staande houden. In de lach van de meisjes ligt minachting. Het snijdt door haar heen. In hun ogen is ze een straatkind, een smerig, dom straatkind. Ze had hun de weg willen vragen, maar nu durft ze niet meer. Vlak voor een huis gaat ze op de stoeprand zitten. Het liefst zou ze willen huilen, zo vernederd voelt ze zich.

Wacht maar totdat zij ook een schat van de kolonel gevonden heeft, dan gaat ze met haar familie wonen in het grootste, duurste huis van León en dan gaan Armando en Leandro naar de deftigste school van de stad. En zij, Aurora, zou ervoor zorgen dat ze iedere dag een hagelwitte blouse droegen en dat er altijd een vouw in hun broek zat.

Ze haalt de verfrommelde krant uit haar tas en vouwt hem glad. Door haar tranen heen tuurt ze naar de foto. Ze ruikt het pijpje kaneel van Dionisia, dat onder in haar tas zit. Ze pakt het en wrijft ermee over haar bezwete gezicht en vochtige hals. Het zal haar nieuwe vitaliteit geven en pijn verzachten. Het helpt, ze voelt zich ineens wat beter.

Nog wat licht in haar hoofd springt ze van het muurtje. Welke richting moet ze kiezen? De kans dat ze de verkeerde kant op loopt is groot. Ze voelt om haar hals naar de amulet. Het sieraad hangt zacht en koel in het kuiltje van haar hals.

Ze stopt de schelp in haar mond en zuigt er nadenkend op. Hier in deze schelp ligt het begin van haar bestaan. De zekerheid dat ze leeft, eens een baby was en later, heel veel later oud zal zijn. Zo gaat dat in een mensenleven. Je kunt niet eeuwig klein blijven. Wat zei de oude man die ze bij de bron ontmoet had ook alweer?

Ze herinnert zich zijn zachte stem. Hij galmt na in haar hart en maakt haar warm vanbinnen.

'Niet bang zijn,' had hij gezegd. 'Het leven daagt je uit, durf erop in te gaan.' Maar hij zei ook: 'Als je op zoek bent naar winst, dwaal je af van je diepste wezen, dan zul je nooit vinden wat je zoekt.'

Ze denkt na over zijn woorden. Ze wil het liefst haar zoektocht naar de oeroude geschiedenis van haar volk vergeten en op zoek gaan naar het geld van de kolonel. Met veel geld zullen haar ouders vast even gelukkig zijn als met de betekenis van beelden die duizend jaar geleden zijn gedroomd. Ze aarzelt. Kreeg ze maar een teken. Ze slentert door de stad, nog steeds op zoek naar het huis uit de krant. Ze tuurt in het water van de Río Chiquito, de rivier die dwars door de stad stroomt, in de hoop iets te zien wat haar de weg wijst. Maar het water blijft rimpelloos. Visjes schieten weg tussen de bodemplantjes en een vogel hoog in de bomen lijkt haar uit te lachen.

Aurora spoelt haar gezicht en armen af met het lauwe water. Het verfrist haar, maar ze weet nog steeds niet wat ze moet doen. Ze knabbelt op het laatste stukje *vigorón* en bekijkt de foto nog eens.

Langs de waterkant scharrelt een meisje met een schepnetje. Ze vangt torren en visjes en stopt ze in een emmer. Aurora merkt haar pas op als ze vlak voor haar staat.

'Kijk eens hoeveel ik al gevangen heb!' zegt ze trots. De zon schittert in het water in de emmer. De visjes lichten goud en zilverkleurig op.

Aurora lacht naar het meisje.

'Wat zijn het er veel,' zegt ze. 'Heb je ze helemaal alleen gevangen?'

Het kind knikt trots.

'Wat ga je ermee doen?' vraagt Aurora vriendelijk.

'Opkweken,' antwoordt het meisje. 'Ik voer ze iedere dag wat van mijn brood en als ze groot zijn, dan hebben we een heerlijk maal.'

'Het zal erg lang duren voordat ze groot zijn,' zegt Aurora. 'Je mamma kan beter op de markt vis kopen.'

'Maar die vis zal mijn mamita dezelfde dag nog bakken,' zegt het meisje en ze kijkt met wijze donkere ogen naar Aurora. 'Deze visjes kunnen we nog lang niet eten, maar we zullen zeker weten dat we eens heerlijk zullen eten.'

7

De hele dag zwerft Aurora door de stad. Ze let voortdurend goed op of ze het huisje van María Carmen ook ziet. Af en toe vraagt ze aan mensen de weg. Ze is al drie keer langs de San Ramónschool gelopen. Maar ze heeft de vrouw nog niet gevonden. Een groepje jongens voetbalt op straat. Ze lopen haar in hun enthousiasme omver. Ze valt en doet zich pijn. Haar knie is geschaafd en op haar hoofd verschijnt een dikke bult, die klopt bij iedere beweging. Duizelig gaat Aurora aan de kant van de weg in de schaduw zitten. Was ze maar thuis! Ze heeft trek in een bord rijst met bruine bonen. Kon ze maar even zien hoe het met Armando en Leandro ging. En mamita, zou het goed gaan met haar benen? Of zouden ze nog steeds dik en pijnlijk zijn? Zou papita het aankunnen? Hij moet werken bij anderen en ervoor zorgen dat thuis ook alles goed loopt. Ze zouden haar vast wel missen. O, kon ze maar even, heel even om een hoekje kijken, en als ze wist dat alles goed was, dan trok ze wel weer verder.

Ze is zo in gedachten verzonken, dat ze niet merkt dat een vrouw naast haar komt zitten. Pas als ze zacht Aurora's arm aanraakt, kijkt ze op. Het is María Carmen. Ze herkent haar direct van de foto, alleen staat haar gezicht veel somberder.

'María Carmen,' zegt Aurora verrast. Ze haalt de foto uit haar tas en wijst erop.

De vrouw knikt.

'Dat ben ik,' zegt ze, 'in betere tijden.'

'Hoezo?' vraagt Aurora verbaasd. 'Je bent rijk, dan moet je wel heel gelukkig zijn.'

'De schat van *Kolonel Arechavala* heeft me alleen maar ongeluk gebracht,' zegt ze zuchtend.

Aurora fronst haar wenkbrauwen.

'Dat begrijp ik niet,' zegt ze. 'Als je veel geld hebt kun je alles kopen wat je nodig hebt. Dat maakt je toch gelukkig?'

'Ik heb er spijt van dat ik 's nachts op de stoep ben gaan zitten toen ik een keer niet kon slapen. Dan had ik de kolonel nooit gezien,' zegt ze zuchtend.

'Wat is er precies gebeurd?' vraagt Aurora.

María Carmen haalt diep adem en begint te vertellen.

'Het was een donkere, stille nacht. Ik zat om elf uur 's avonds voor mijn huisje. De lucht was wolkeloos, de maan was rond en verlichtte alles helder. Plotseling hoorde ik het getrappel van hoeven. Vanuit de verte naderde er een paard. Er zat een ruiter op met een vriendelijk, sympathiek gezicht. Hij stapte af en bond zijn paard aan een boom vlak bij mijn huis en liep op en neer door de straat. Ik hoorde zijn sporen rammelen. Als hij naar links liep was zijn mantel bruin en als hij naar rechts liep blauw. Hij bleef voor mijn huis staan, salueerde een paar keer en klopte op de deur, maar hij leek mij niet te zien. Ik begreep meteen dat het *Kolonel Arechavala* moest zijn. Hij is al jaren dood, maar zijn geest vindt geen rust, omdat hij voortdurend op zoek is naar zijn schatten. Ik begreep dat mijn huis vroeger van hem geweest moest zijn. De ruiter en het paard waren even snel verdwenen als ze kwamen en de volgende morgen vertelde ik mijn buren wat ik die nacht had gezien.

"De schat," riep mijn buurvrouw. "De schat van de kolonel is in jouw huis begraven. Je moet gaan zoeken, dan ben je rijk en voor de rest van je leven uit de zorgen."'

'Toen ben je gaan zoeken,' zegt Aurora.

María Carmen knikt. 'Ik heb mijn hele huisje afgebroken en de buren hebben me geholpen. En nu heb ik geen dak meer boven mijn hoofd.'

'Maar je bent rijk, dan kun je toch gewoon een nieuw huis bouwen?'

De vrouw schudt verdrietig haar hoofd.

'Toen we de laatste muur afbraken vonden we eindelijk een leren builtje met gouden munten, maar alle buren die met zoeken geholpen hadden, vonden dat zij ook recht op een gedeelte hadden.'

'En heb je hun wat gegeven?' vroeg Aurora. 'Het geld lag toch in jouw huis?'

María Carmen schudt verdrietig haar hoofd.

'Ze dreigden me de wijk uit te zetten. Ik ben maar een vrouw alleen. Mijn man is overleden toen we nog maar pas getrouwd waren en ik heb geen kinderen. Mijn buren zijn mijn familie en ik besloot dat ik het geld moest delen, om in vrede naast elkaar te kunnen leven. Waar moest ik anders heen?'

'Maar je kunt je huisje toch weer opbouwen van jouw deel van het geld?'

'Ik heb niets meer,' zucht María Carmen. 'Alles is op.' Ze wrijft over haar ogen, die rood zijn, en veegt een lok haar uit haar gezicht.

'Mijn buurvrouw kocht op de markt dure kleren en bestelde iedere keer een taxi als ze naar het centrum moest. Ze vond zichzelf erg deftig, en deftige dames lopen niet.'

'Zo was haar geld snel op.' Aurora knikt begrijpend.

'Heel snel. Ze gooide het met emmers tegelijk de deur uit en toen er niets meer was en ze weer net zo arm was als daarvoor, kwam ze bij mij klagen.'

'Waarom?' vraagt Aurora verbaasd. 'Jij zei toch niet dat ze met de taxi naar het centrum moest?'

'Ik kreeg de schuld, want ik had haar laten proeven van weelde en welvaart en toen ze weer net zo arm was als eerst, voelde ze dat erger dan daarvoor. Iedere dag kwam ze klagen. Ze kon geen eten kopen voor haar kinderen en geen sokjes voor de meisjes. Ze moest weer lopend naar de markt en haar voeten deden zo'n pijn.'

'En jij loste dat allemaal voor haar op en gaf haar geld,' begrijpt Aurora. 'En nu heb je zelf niets meer.' Ze schudt haar hoofd. Ze begrijpt niet dat mensen zo met elkaar om kunnen gaan, maar je laat de kinderen van je buurvrouw toch ook niet verhongeren als je geld hebt.

'Waar slaap je nu?' vraagt Aurora.

'Ik slaap tussen de puinhopen van mijn huisje. Met wat lappen en stukken plastic heb ik een hutje gemaakt.'

'Nu is het nog droog, maar wat doe je in de regentijd?'

María Carmen haalt haar schouders op. 'Dan slaap ik onder het plastic op de grond, die zal veranderen in een modderpoel, en dan ga ik hoesten en heb ik geen geld om naar het ziekenhuis te gaan.'

'Vraagt je buurvrouw niet of je bij haar komt slapen?'

María Carmen schudt moedeloos haar hoofd.

'Ze heeft geen ruimte. Haar drie kinderen slapen samen in één bed.'

Ze kijkt opzij naar Aurora.

'Maar wat doe jij in León? Ik heb je hier nog nooit gezien.'

Aurora vertelt in het kort het doel van haar reis.

'Bestaat die kolonel echt?' vraagt ze. 'Is het soms ook een legende van de Sutiaba?'

'Hij leefde langgeleden maar zijn ziel vindt geen rust, omdat hij ook in het hiernamaals nog steeds bezig is met zijn aardse bezittingen,' vertelt María Carmen.

'Zijn er meer mensen die hem hebben gezien?' vraagt Aurora.

'Alleen vrouwen en kinderen,' zegt María Carmen. 'Mannen zeggen dat ze hem gehoord hebben.'

'Ik zou hem ook wel eens willen zien,' zegt Aurora.

'Je hebt er niks aan,' zegt María Carmen. 'Je woont hier niet, dus hij kan je niet rijk maken.'

'Ik hoef geen geld,' zegt Aurora. 'Als je het zo makkelijk weer kwijtraakt en ongelukkiger wordt dan daarvoor, heb ik het net zo lief niet.'

'Kom mee,' zegt María Carmen. 'Ik heb nog wat rijst en bonen, die warmen we op.'

Omdat Aurora toch niet weet waar ze moet slapen, gaat ze met María Carmen mee. Ze schrikt als ze de plek ziet waar eens haar huisje heeft gestaan. Er staat geen steen meer op de ander. De kookplaats is vernield, alleen de deur hangt nog in de scharnieren, die aan een paar houten balken bevestigd zijn, en beweegt krakend heen en weer in de wind.

Op een vuurtje warmt María Carmen het eten op en daarna schept ze voor Aurora en zichzelf een portie op een bord. Ze eten zwijgend en zitten naast elkaar tot de duisternis valt en de wereld rondom verandert in schaduwen en donkere geluiden. Aurora is blij dat ze niet alleen is. Het is wat anders om in de bossen te slapen dan in een kartonnen doos in de stad. Ze zou iedere keer onrustig wakker worden en zich niet veilig voelen.

María Carmen steekt een olielampje aan. Al snel dansen er nachtvlindertjes in het schijnsel en ook de muggen laten zich weer horen. Aurora pakt een citroen die ze die middag op de markt heeft gekocht. Ze knijpt er wat sap uit en dat smeren zij en María Carmen op hun armen, benen en hun gezicht. Het helpt, de muggen blijven nu op afstand.

María Carmen vertelt over hoe het was toen haar man nog leefde. 'We hadden het goed samen,' zegt ze. 'Hij werkte in de leerlooierij, maar hij werd ziek. Dat kwam door alle chemische stoffen waar hij als kind al mee in aanraking kwam. Hij stierf veel te jong. We hadden nog geen kinderen. We waren nog maar zo kort getrouwd.'

Ze zucht diep en wrijft voor de zoveelste keer in haar ogen, die bloeddoorlopen zijn.

Aurora kijkt haar van opzij aan. In het zwakke schijnsel van het olielampje krijgt haar gezicht zachte trekken, maar zelfs in het flauwe licht ziet ze dat María Carmen geen schoonheid is. Haar haar is dun en plakt op haar hoofdhuid. Haar gezicht is ontsierd door littekens en als ze haar aankijkt, loenst ze. Misschien is ze daarom nooit hertrouwd. Aurora durft het niet te vragen, maar het lijkt alsof María Carmen haar gedachten kan lezen.

'Als ik kinderen had gehad, was ik natuurlijk hertrouwd, maar mijn man was de liefde van mijn leven en dat gevoel zou een ander me nooit kunnen geven. Bovendien kon ik mezelf heel goed redden. Van de opbrengst van mijn groentetuintje kan ik goed leven. Nee, aan een tweede echtgenoot wilde ik nooit beginnen.'

Ze staat op en haalt uit een groezelig koffertje een foto in een zilverkleurig lijstje versierd met rode hartjes. Een man met een vriendelijk gezicht kijkt Aurora lachend aan.

'Hij was knap,' zegt Aurora, terwijl ze met haar wijsvinger over de foto wrijft.

'Ja!' antwoordt María Carmen. 'Zo een vind ik er nooit meer. Ze hebben heus wel voor de deur gestaan met bloemen en fruit om me te paaien.'

Dan grijpt María Carmen haar arm.

'Sssttt,' sist ze tussen haar tanden. 'Hoor jij het ook?'

Aurora spitst haar oren. In de verte klinkt hoefgetrappel. Het komt dichterbij.

'Daar heb je hem weer, de kolonel,' fluistert María Carmen. Aurora durft bijna niet te ademen. Het hoefgetrappel klinkt harder en een minuut later zweeft een man in een blauwe mantel voorbij.

'Dat is hem!' fluistert María Carmen.

De man houdt zijn paard even in voor de restanten van haar huisje en schudt bijna onmerkbaar zijn hoofd. Dan salueert hij voor een huisje aan de overkant en galoppeert weg. Een dikke man komt naar María Carmen toe gerend.

'Ik heb hem gehoord. Heb jij hem gezien?'

Aurora knikt.

'Hij was het, Gordo,' zegt María Carmen. 'Maar wees verstandig: ga er niet achteraan.'

Maar de man luistert niet en rent in de richting waar het hoefgetrappel langzaam wegsterft.

'Ik wil weten welke huizen nog meer van hem geweest zijn,' roept hij over zijn schouder.

Nog geen minuut later komt hij hijgend en kreunend terug.

'Hij heeft me met zijn zweep geslagen,' jammert hij, terwijl hij de striemen op zijn armen laat zien. 'Hij heeft me met zijn zweep geslagen.'

'Breek alsjeblieft je huis niet af,' waarschuwt María Carmen. 'Want dan gebeuren er nog veel ergere dingen.'

Aurora kijkt met ontzetting naar de vurige striemen op de armen van de man. Is de geest van een mens die jaren geleden geleefd heeft tot zoiets in staat? Ze huivert. Als die *Kolonel Arechavala* ooit voor hun huisje zou staan, dan zou ze de deur dichtslaan, zodat ze hem niet kon zien en niet kon horen. Zijn schatten brengen ongeluk.

8

María Carmen wil dat Aurora een paar dagen bij haar blijft om uit te rusten.

'Dan kun je op krachten komen en ik vind je gezelschap fijn, bovendien heb je me nog bijna niets over jezelf verteld.'

Aurora wil het liefst verder trekken. Stel je voor dat *Kolonel Arechavala* hen iedere nacht uit de slaap komt houden. Ze krijgt er kippenvel van en wil weg. Veel geld hebben is ook niet alles, heeft ze gemerkt. Er komen alleen maar problemen van.

'Je kunt hem overal tegenkomen,' zegt María Carmen. 'Zijn bezittingen staan in de wijde omgeving. Ach, toe, blijf nog even. Help me met de sinaasappeloogst en ga mee naar de markt om ze te verkopen.'

Ze ziet Aurora's aarzeling.

'Je hoeft het niet voor niets te doen, hoor,' zegt ze snel.

In het daglicht ziet ze er ouder uit dan bij een flakkerend vlammetje in het donker. Haar rug is krom en ze is mager en het weinige haar licht zilvergrijs op in het zonlicht. Aurora krijgt medelijden met haar en kijkt naar de gammele kar die ze gebruikt om haar koopwaar naar de markt te brengen.

'Goed, ik help je wel,' zegt ze. 'En je hoeft me niet te betalen.'

Met een tevreden gezicht pakt María Carmen haar hand en neemt haar mee naar de tuin die ligt achter het puin van haar huisje.

'Kijk eens hoeveel sinaasappels er al aan zitten,' zegt ze, wijzend naar een hoge boom. De vruchten glanzen fel oranje en steken feestelijk af tegen het frisse groen van de bladeren en het helderblauw van de wolkeloze hemel. Tegen de stam staat een gammele trap. Als María Carmen erop wil klimmen, houdt Aurora haar tegen.

'Dat doe ik wel, vang jij de sinaasappels maar op in je schort.'

Vanonder een oud zeil pakt María Carmen een van bananenbladeren gevlochten grote mand en zet die onder de boom. Aurora klimt voorzichtig de gammele trap op en plukt de vruchten die het laagst hangen het eerst. María Carmen vangt ze lachend op.

Al plukkend dwalen Aurora's gedachten weg. Zou María Carmen nog meer verhalen kennen? Misschien behoort ze ook wel tot de stam van de Sutiaba. Misschien was ze daarom gevoelig voor de dromen van voorvaderen en kwam daarom de kolonel naar haar. Straks zal ze het haar vragen. En als zij nog een paar legendes kent, dan kan ik naar huis, schiet het door Aurora heen.

Zwijgend plukt ze door, maar als María Carmen een liedje neuriet, zingt ze vrolijk mee. De mand is snel vol en met zijn tweetjes tillen ze hem in de kar.

María Carmen tuurt naar de zon.

'We zijn laat,' zegt ze. 'Het duurt niet lang meer, dan loeit de sirene van twaalf uur. Laten we wat rusten en vanmiddag naar de markt gaan.'

Aurora vindt het een goed idee. Ze gaan onder de sinaasappelboom in het gras liggen. María Carmen schept water uit een emmer met een halve lege kokosnoot en giet dat over haar handen. Dan schilt ze voor hen elk een paar sinaasappels af.

'Hier eet, kind,' zegt ze vriendelijk. 'Er zitten veel vitaminen in.'

Aurora laat het zich goed smaken. De vrucht is een beetje zuur, maar bevat veel vocht. Ze eet voorzichtig om niets te morsen.

Terwijl ze door de hitte op het heetst van de dag wegsoezen, staan er ineens een jongen en een meisje voor hen.

'Doña María Carmen, mogen wij er ook een?' vraagt het meisje. 'We hebben vandaag nog niets gegeten.'

Aurora kijkt naar hun magere snoetjes en versleten kleren. Het meisje draagt de jurk met kantjes en strikjes die ze voor haar eerste communie gekregen heeft, maar hij is eigenlijk al te klein. Het kant langs de mouwen en de zoom is smoezelig en versleten. Waarschijnlijk is het de enige jurk die ze heeft. María Carmen pakt uit de mand een paar sinaasappels, schilt ze en geeft ze aan de kinderen, die in het gras tegenover hen gaan zitten.

'Wil je ons een verhaal vertellen?' vraagt het jongetje terwijl hij genietend aan een partje zuigt.

'Welk verhaal wil je horen, Rosario?' vraagt María Carmen lachend.

Rosario overlegt even met zijn zusje.

'Dat van *La chancha bruja*, het behekste varken,' zegt ze, 'dat is spannend.'

'Onze oma heeft laatst toen het donker werd dat varken nog gezien,' zegt Rosario en hij kruipt wat dichter naar María Carmen toe.

'Goed, Marisol, je krijgt je zin. Vandaag vertel ik jullie het griezelige verhaal van het behekste varken.'

Aurora spitst haar oren.

'Het is een oude legende,' begint María Carmen en ze kijkt

geheimzinnig, 'die gaat over vrouwen die zich willen ont-trekken aan de heerschappij van de man. Ze laten hun slechtste kant bovenkomen, om vooral mannen schrik aan te jagen. Behekste varkens spoken nog steeds rond en maken de buurt onveilig.'

'Ik hoop dat ik er nooit een tegenkom,' zegt Rosario huive-rend.

'Er zijn nog steeds vrouwen die zich in een varken kunnen veranderen,' gaat María Carmen fluisterend verder. 'Dat doen ze in de duisternis van de nacht. Ze zoeken een stille, afgelegen plek, waar een kalebasboom staat, daar zeggen ze duivelse gebeden en toverformules op.'

'En ze lopen rondjes!' roept Rosario.

'Sstt…' sist Marisol.

'Ze houden eeuwenoude rituelen, lopen drie rondjes naar voren en drie rondjes naar achteren,' gaat María Carmen verder. 'Dan ontsnapt hun ziel via hun mond, die blijft in de kalebasboom en aan het eind van het ritueel zijn ze veran-derd in een varken.'

'Het is een griezelig varken, zegt oma,' fluistert Marisol. 'Helemaal zwart en hij zit onder de modder.'

María Carmen knikt. 'En hij is groot en heel agressief en sterk.'

Terwijl ze vertelt schilt ze nog een paar sinaasappelen en geeft er een aan Aurora en aan haar buurkinderen. Ze pak-ken ze gretig aan, maar blijven gespannen luisteren. Vooral Aurora, die het verhaal nog nooit heeft gehoord, is be-nieuwd naar de afloop.

'En dan rent de in een varken veranderde vrouw door de straten, op zoek naar een slachtoffer om aan te vallen. Alle mensen hollen in doodsangst weg, maar het varken is snel-ler en geen man is veilig.'

'Eerst bijt hij in je kuiten,' zegt Rosario griezelend. Hij wrijft over zijn benen alsof het varken hem achterna heeft gezeten. 'En dan geeft dat behekste varken je kopstoten,' gaat María Carmen verder. 'En daar gaat dat gemene dier mee door tot je bewusteloos neervalt. En iedereen die door een behekst varken is aangevallen, ontwaakt pas de volgende morgen en als hij geld op zak had, dan is dat verdwenen.'

'En 's morgens is het varken gewoon weer een vrouw,' zegt Marisol huiverend. 'En we weten niet wie het zijn, want overdag is er niks bijzonders aan ze te zien.'

'Ja,' lacht Rosario. 'Jij kan het wel zijn.'

Hij trekt een bang gezicht en kruipt dicht tegen María Carmen aan.

Ze slaat een arm om het jongetje heen en lacht.

'We kunnen het niet altijd zien,' zegt ze. 'Maar wel voelen.'

'Voelen?' herhaalt Aurora, die tot nu toe stil geluisterd heeft.

'Ja zeker,' zegt María Carmen. 'Als je met iemand praat en je kijkt naar zijn ogen en lichaamstaal en je droomt een beetje weg, dan hoor en voel je wat die ander denkt of voelt.'

De kinderen kijken niet-begrijpend naar María Carmen op. 'Ieder mens heeft intuïtie,' zegt ze. 'De een wat sterker dan de ander. Het is een stemmetje binnen in je, dat je vertelt of je iemand wel of niet kunt vertrouwen en dat je waarschuwt voor gevaar. Je moet er altijd naar luisteren, maar dat moet je leren. En als je jong bent, negeer je dat stemmetje vaak omdat je denkt dat het onzin is.'

'En achteraf denk je vaak: had ik er maar naar geluisterd,' zegt Aurora zacht omdat ze herkent wat María Carmen zegt.

Rosario zucht diep. Hij heeft het verhaal vaker gehoord en hij snapt niet goed wat María Carmen bedoelt, maar het was wel spannend.

'Ik hoop dat ik vannacht kan slapen,' zegt Marisol. 'Mamita laat 's nachts altijd de deur van ons huisje op een kier staan voor frisse lucht. Stel je voor dat het varken naar binnen sluipt en Rosario of mij meeneemt.'

'Je hoeft niet bang te zijn,' stelt María Carmen haar gerust. 'Het varken rent alleen maar door de straten. Hij komt nooit ergens binnen, want als de deur dichtvalt, zit hij in de val en dan kan hij nooit meer met zonsopgang veranderen in een vrouw.'

Er lopen alweer veel vrouwen met een mand op hun hoofd in de richting van het centrum.

'Kom,' zegt María Carmen als het verhaal uit is. 'We moeten ook naar de markt. Als we alle sinaasappels verkopen, hebben we vanavond weer geld voor eten.'

Aurora ziet Rosario langs zijn lippen likken en met glinsterende ogen naar María Carmen kijken. Ze hoort wat hij denkt en María Carmen heeft ook zijn gedachten gelezen.

'Kom vanavond maar een hapje mee-eten,' zegt ze tegen de kinderen.

Opgetogen rennen ze weg.

9

Op de markt nemen de vrouwen hun vaste plaats weer in. Ze stallen hun koopwaar uit en proberen vriendelijk lachend klanten te lokken.

María Carmen heeft haar plekje aan de buitenste rand van de markt en gebruikt haar kar als kraam. Ze stapelt de vruchten netjes op elkaar, zodat iedereen goed kan zien hoe rijp ze zijn, zonder beurse of rotte plekken. Ze heeft roze en lichtblauwe plastic zakjes waar ze de sinaasappelen voor de klanten in doet. Een enkeling koopt tien stuks tegelijk, maar de meeste mensen hebben daar geen geld voor en kopen er één, twee of drie, al naar gelang het aantal kinderen dat ze hebben.

Het maakt María Carmen niet uit hoeveel iemand koopt. Ze maakt met iedereen een vriendelijk praatje en vertelt jonge vrouwen welk kruid ze het best kunnen gebruiken voor een wond die maar niet wil genezen of wat ze moeten doen met een kindje dat oorontsteking heeft. En alle kinderen dansen om haar heen en komen haar een handje geven. Moeders houden hun pasgeboren baby's omhoog en willen dat María Carmen ernaar lacht en het kindje aanraakt.

Aurora kijkt verbaasd. Soms doet María Carmen haar aan Dionisia denken. Ze heeft dezelfde kalme uitstraling. Een oermoeder, denkt Aurora. Ze weet intuïtief hoe ze met kinderen om moet gaan.

Als María Carmen weer een peuter optilt en knuffelt terwijl de moeder het tafereeltje tevreden gadeslaat, schrikt Aurora. Ze begrijpt ineens waarom alle jonge vrouwen met hun kinderen naar María Carmen gaan. Ze heeft lichte ogen, zo blauw als de lucht. Dat ze dat niet eerder heeft gemerkt. Als iemand met zulke ogen naar een kind kijkt, dan worden kwade geesten afgeweerd en zal het kind zonder ziekte en pijn opgroeien. Het was haar al opgevallen dat tijdens hun gesprekken María Carmen haar langdurig, bijna peinzend had aangekeken en af en toe zacht over haar arm had gestreken. Deed ze dat om dezelfde reden, wilde ze dat ze op haar tocht alleen maar goede dingen zou meemaken, en geen pijn en verdriet?

María Carmen is een bijzondere vrouw, dat merkte ze al bij hun eerste ontmoeting.

Aurora rekt zich uit. Ze wordt slaperig van de warmte en het stilzitten.

María Carmen ziet het.

'Loop even een rondje,' zegt ze. 'Hier heb je mijn portemonnee. Koop maar wat te eten voor vanavond.'

Het verbaast Aurora dat María Carmen haar zomaar haar portemonnee toevertrouwt. Ze durft niet eens te kijken of er veel in zit, maar als ze een tros bakbananen koopt, ziet ze wel 200 *córdobas* aan muntjes en papiergeld.

Even, héél even speelt ze met de gedachte om wat van het geld in haar eigen lege buideltje te stoppen, maar ze doet het niet. María Carmen zou er zeker achter komen en dan zou ze zich doodschamen, omdat ze haar vertrouwen beschaamd had.

Ze koopt tomaten, rijst en bruine bonen. Die avond zal zij voor María Carmen eens een lekker maaltje klaarmaken.

Als ze afrekent ziet ze vanuit haar ooghoeken een paar straatjochies naar haar gluren. Ze zien er mager en ver-

waarloosd uit. Ze dragen versleten kleren en lopen op afge-
trapte plastic sandalen. Plotseling komt er een naar haar toe
gerend. Voor ze weet wat er gebeurt, grist hij de portemonnee uit haar hand en rent hij weg tussen de mensenmassa.

Aurora is te geschrokken om hulp te roepen. Het heeft ook
geen zin, want binnen een minuut zijn de jongens verdwenen.

De vrouw die haar net tomaten en bonen verkocht heeft,
schudt haar hoofd.

'Zat er nog veel geld in?' vraagt ze meelevend.

'Nog ruim 150 *córdobas*,' antwoordt Aurora. 'Maar het
geld was niet van mij. Ik moest boodschappen voor iemand
doen.'

'Wie geeft jou zomaar zijn portemonnee mee?' vraagt de
vrouw met gefronst voorhoofd.

'María Carmen,' antwoordt Aurora zuchtend. 'O, wat ben
ik dom, dat mij dat nou moet overkomen. Als ze maar niet
denkt dat ik al haar geld verkwanseld heb.'

'Wees niet bang,' zegt de vrouw. 'María Carmen weet precies wanneer iemand liegt of de waarheid spreekt. Zeg maar
dat het gebeurde toen je bij Laura tomaten kocht.'

Als Aurora terugloopt naar María Carmen, lijken haar benen wel van lood. Ze is doodmoe en iedere stap kost moeite. María Carmen ziet haar al vanuit de verte aankomen en
zwaait.

Aan Aurora's gezicht ziet ze dat er wat is gebeurd. Hakke-
lend vertelt Aurora dat de portemonnee gestolen is.

'Weet je nog hoe die jongens eruitzagen?' vraagt María Carmen.

Aurora geeft een vage beschrijving.

'De jongen die de portemonnee pakte was langer dan de anderen en heel mager en zijn haar piekte alle kanten op.'

'Dat is Flaco,' zegt María Carmen, 'die leert het ook nooit.

Ik heb hem al zo vaak gewaarschuwd en weet je wat het ergst is? Hij koopt van het geld geen eten, maar lijm om te snuiven. Hij is verslaafd, net zoals zijn vrienden.'

Aurora voelt zich nu nog schuldiger.

'Jij kunt het niet helpen,' zegt María Carmen. 'Ze zijn de schrik van de markt. Iedere vrouw is wel eens door hen overvallen. Ze zagen natuurlijk dat jij niet van hier bent.'

Ze ziet dat op Aurora's gezicht zweetdruppeltjes van de warmte staan.

'Hier, eet een sinaasappel, dat is goed voor de dorst,' zegt ze terwijl ze Aurora een vrucht geeft.

Stil, nog steeds een beetje uit haar doen, schilt ze hem. Ze eet hem zwijgend op en voelt zich daarna weer wat beter.

'Ze hebben gelukkig ons eten voor vanavond niet te pakken gekregen,' zegt María Carmen lachend, terwijl ze in de zak kijkt en goedkeurend knikt. Ze wrijft even over Aurora's wang.

'Kijk niet zo zorgelijk. Er zijn ergere dingen. Als de mand leeg is, gaan we op zoek naar Flaco en zijn vrienden. Misschien vinden we ze nog voor alle *córdobas* uitgegeven zijn.'

Ze verkopen nog wat, maar veel klanten zijn er niet meer. De meeste vrouwen zijn al naar huis. De zon staat laag, de schaduwen worden langer en de duisternis zal snel invallen, voor die tijd moeten ze weer thuis zijn.

Als de markt steeds leger wordt, legt María Carmen de overgebleven vruchten in de mand. Ze duwen, elk aan een kant, de kar in de richting van de kathedraal.

'Waar moeten we heen?' vraagt Aurora. 'Over een kwartier is het donker.'

'Bij het mausoleum van helden en martelaren,' zegt María Carmen, 'daar hangen ze altijd rond. We moeten doorlopen. Ik wil voor zonsondergang thuis zijn.'

Het is niet ver en María Carmen heeft gelijk. Flaco en zijn vrienden leunen tegen de muurschilderingen aan en eten op hun gemak een mango.

'Gelukkig,' zegt María Carmen. 'Ze eten fruit. Ze hebben nog geen lijm gekocht, want anders zaten ze al te snuiven.'

Als de jongens haar zien, springen ze verrast overeind.

'Doña María Carmen,' zegt de lange magere jongen blij. 'Komt u ons wat eten brengen?'

'Dat was ik van plan, Flaco,' zegt María Carmen, 'maar de een of andere boef heeft me bestolen.'

'Ik niet,' zegt de jongen verbaasd. 'Niemand durft toch doña María Carmen met de blauwe ogen te bestelen? Dat brengt ongeluk.'

'Dan zou ik mijn portemonnee maar gauw teruggeven,' zegt María Carmen droog.

'Uw portemonnee?' zegt de jongen verbaasd. Dan herkent hij Aurora en hij verschiet van kleur.

Hij begint te jammeren.

'Ay, ay, doña María Carmen. Dat was echt niet de bedoeling. We stelen nooit van u. U helpt ons altijd. Ay, ay, doña María Carmen, kunt u het ons vergeven?'

Zenuwachtig haalt hij María Carmens portemonnee uit zijn broekzak.

Ze telt rustig het geld na en zucht opgelucht.

'Jullie hebben alleen mango's gekocht, zie ik. Dan hebben jullie vanavond in ieder geval geen honger meer.'

Kordaat stopt ze de portemonnee in de zak van haar schort en draait zich om.

Achter zich hoort ze de jongens tegen Flaco tekeergaan.

De duisternis is inmiddels ingevallen. Mensen zitten voor hun huisje in een schommelstoel bij een vuurtje. Sommigen hebben een bord rijst op schoot of kauwen op een stuk brood.

Moeders roepen hun kinderen bij zich en María Carmen heeft ineens ook veel haast. Aurora kan haar bijna niet bijhouden en wil even aan de kant van de weg gaan zitten om te rusten.

'Niet doen, niet doen,' zegt María Carmen zenuwachtig. 'Het is donker, dan verschijnt in León *La carreta nagua*, de rammelende bottenkar. De doden zijn op zoek naar kinderen die nog buiten lopen en die nemen ze mee naar de hel.'

Eerst denkt Aurora dat ze een grapje maakt, maar als ze langs een vuurtje lopen en in het licht van de vlammen María Carmens vertrokken gezicht ziet, weet ze dat ze echt bang is.

'Doorlopen,' zegt María Carmen nog eens.

Ze lopen zo hard ze kunnen, terwijl ze de kar voortduwen en de sinaasappels heen en weer hobbelen in de mand.

Op de hoek van een straat blijft María Carmen onverwacht staan met een vinger tegen haar lippen.

'Sstt, stil,' sist ze tussen haar tanden. 'Hij komt eraan, hoor jij hem ook?'

Aurora staat stil. In de verte klinkt geratel, steeds harder en het komt dichterbij.

'Vlug,' zegt María Carmen. 'We kunnen de bottenkar niet meer ontlopen. Mij zullen de doden niet meenemen. Ze zijn op zoek naar kinderen die in het donker nog op straat lopen. Klim in de kar en verstop je in de mand en houd je handen voor je ogen.'

Aurora doet snel wat ze zegt. Het geratel klinkt steeds luider over de weg van hobbelige keien en bezorgt haar kippenvel. De mensen die rustig voor hun huisje zaten te praten pakken snel hun kinderen, gaan naar binnen en doen de deur dicht.

Aurora duikt weg met haar handen voor haar oren. Maar ze hoort het geratel toch en als de kar dichtbij is, kan ze de verleiding niet weerstaan en gluurt over de rand van de mand. Ze schrikt van wat ze ziet. *La carreta nagua* ratelt voorbij. Skeletten mennen de paarden voor de kar, die ook alleen uit beenderen bestaan. De hele kar is gemaakt van botten, die luguber glanzen in het maanlicht. Haar hart bonst in haar keel. Zelfs als de kar voorbij is en ze het geratel niet meer hoort, durft ze niet uit de mand te komen.

10

Die nacht slaapt Aurora onrustig. Ze woelt zich om en om op de deken en het stro dat María Carmen als bed voor haar heeft neergelegd. In haar droom ziet Aurora weer honderden gezichten die boos kijken of naar haar lachen en dingen zeggen die ze niet begrijpt. Als de zon boven de horizon verschijnt en de wereld weer kleur krijgt, is María Carmen nog in diepe rust. Ze snurkt zacht en ziet er in haar slaap heel tevreden uit. Aurora probeert ook nog wat te soezen, maar het lukt haar niet om de slaap te vatten. De droom van die nacht houdt haar te veel bezig. Hij kwam haar bekend voor. Ineens weet ze het weer. Het was dezelfde droom die ze thuis had. Toen waren er ook gedaanten en gezichten die door elkaar buitelden en haar allemaal tegelijk wat wilden vertellen. Ze moet weg, ze moet verder trekken. Het was fijn bij María Carmen. Ze heeft genoten van haar gezelschap en van haar verhalen. Ze heeft zich laten verwennen, maar nu is het tijd om verder te trekken.

Ze aarzelt tussen meteen opstappen of nog even wachten tot María Carmen ontwaakt is om afscheid te nemen. Ze kiest het laatste. Ze pookt het vuurtje op en vult een ketel met water voor thee. Als het water kookt, rekt María Carmen zich uit en kijkt haar met een slaperig gezicht aan.

'Vandaag laat je me weer alleen,' zegt ze zacht en verdrietig.

'Ja,' zegt Aurora. 'Ik heb gewacht tot je wakker was om je gedag te zeggen.'

'Hebben je voorvaderen je in je droom bezocht?' vraagt María Carmen, terwijl ze overeind gaat zitten en haar haar gladstrijkt.

Aurora knikt.

'Ze praatten allemaal tegelijk, dus ik verstond er niets van, maar ik denk dat ze bedoelen dat ik verder moet. Dankzij jou ken ik weer een paar legendes van de Sutiaba, maar er zijn vast nog veel meer verhalen die ik moet kennen.'

'Ik zal je missen,' zegt María Carmen terwijl ze een kom hete thee van Aurora aanpakt. Voorzichtig neemt ze een paar slokjes. 'Je hebt me het gevoel gegeven dat jij de dochter bent die ik nooit gehad heb. Je bent bijzonder, Aurora.'

Aurora bloost. In de korte tijd dat ze María Carmen kent is ze van haar gaan houden.

'Waarom ga je niet met me mee?' vraagt ze. 'Hier is toch niemand die op je wacht.'

María Carmen aarzelt een ogenblik, maar dan zegt ze: 'Ach, mijn lieve Aurora. Ik ben oud. Mijn botten kraken en mijn hart is zwak. De jeugd heeft de snelheid, ik kan je niet meer bijhouden. En bovendien, wie moet er dan op Rosario en Marisol letten? Ik blijf hier. Dit is de grond waar ik al jaren op leef en waarop ik, als mijn tijd gekomen is, wil sterven.'

Aurora knikt. Ze begrijpt het, maar ze had graag gezelschap gehad. Nu moet ze straks weer alleen in het open veld slapen, waar vreemde geluiden haar wakker houden. Ze zal vast niet weer zo iemand als María Carmen ontmoeten.

Als ze nog wat oud brood gegeten hebben en zich met water uit een emmer gewassen hebben, duwt María Carmen Aurora resoluut door de scheefhangende voordeur naar buiten.

'Niet aarzelen. Je had mij alleen nodig om nieuwe energie op te doen. Loop in de richting van de oceaan, waar de zon zich verstopt achter de horizon. Daar beginnen de bergen.

Je zult er vinden wat je zoekt. Ik zal het geluid van de zee nooit horen, maar ze zeggen dat er een melodie ruist, die je terugvindt in je hart. Luister ernaar, Aurora, dan zul je gelukkig zijn.'

'Op de terugweg kom ik langs om je te vertellen wat ik beleefd heb,' zegt Aurora.

Ze slaat haar armen om María Carmen heen en plotseling ziet ze achter haar een zwarte schaduw die haar koude rillingen bezorgt. Het duurt maar heel even, dan is het kille gevoel verdwenen. Het verwart Aurora. María Carmen merkt niets. Ze lacht naar Aurora en loopt naar de vuurplaats.

'Wacht!' zegt ze.

Ze graaft met haar handen zand weg in de vloer achter het nagloeiende vuurtje. Uit de kuil vist ze een bruin leren portemonneetje. Ze opent het en triomfantelijk houdt ze een gouden munt omhoog.

Aurora schiet in de lach.

'Je lijkt *Kolonel Arechavala* wel.'

'Voor jou,' zegt María Carmen. 'Het is een heel oude munt.'

'Die kan ik echt niet aannemen,' zegt Aurora hoofdschuddend. 'Hou hem zelf. Jij moet ook eten.'

'Maak je over mij geen zorgen. Mijn moestuin levert genoeg op. Honger zal ik niet hebben.'

Aarzelend pakt Aurora de munt aan. In het zonlicht schittert hij als een kostbaar goed. Ze heeft zo'n munt nooit eerder gezien. Het is vast een bijzonder geldstuk. Aan de ene kant staat het hoofd van een man met een helm en aan de andere kant een glinsterende krab. Als de munt met de krab naar boven in haar handpalm ligt, begint het diertje zo erg te schitteren, dat het pijn doet aan haar ogen.

'Geef hem niet uit,' zegt María Carmen. 'Die munt is voor jou. Hij zal je in je leven geluk brengen. Als je tocht volbracht is en je weet hoe je alle dingen in de wereld kunt doorgronden, geef hem dan aan je ouders. Zij weten er wel een bestemming voor. Stop hem nu weg.'

Gehoorzaam pakt Aurora haar lege geldbuideltje, laat de munt erin glijden en stopt het buideltje onder in haar jutetas. Nog eenmaal omhelst ze María Carmen, dan loopt ze over de straat vol hobbels en kuilen in de richting waar de zon achter de horizon verdwijnt. Ze voelt zich sterk en uitgerust. Nog eenmaal draait ze zich om. María Carmen staat midden op de weg en zwaait met beide handen boven haar hoofd. Aurora onderdrukt de neiging om hard terug te rennen. Nog één keer zwaait ze, dan vervolgt ze haar weg. Ze voelt zich blij en verdrietig tegelijk. Ze zou kunnen lachen en huilen. Ze wrijft in haar ogen omdat tranen over haar wangen biggelen en ze glimlacht om een jongetje dat met een hond in zijn armen op een tak heen en weer zit te schommelen. Ze loopt uren, de stad uit naar het open veld, waar hier en daar huisjes verscholen liggen tussen het groen. Ze ziet ze niet en hoort alleen een koe loeien, een hond aanslaan of kinderstemmen. In de verte ligt de keten van vulkanen. Ze steken donkerrood af tegen het heldere blauw van de lucht. Sommige hellingen aan de zuidkant zijn groen. Daar groeien door de vruchtbare lavagrond de meeste geneeskrachtige kruiden, weet ze.

Ze moet ineens aan Dionisia denken. Van de goede heks zou ze veel kunnen leren. Meer dan van haar moeder, die toch niet op pad kan gaan om kruiden te zoeken en haar alleen de werking had geleerd van plantjes die dicht bij hun kleine huis groeiden.

Nu ze weer alleen is overvalt haar een intens gevoel van heimwee. Ze gaat tegen een boomstam zitten en eet wat bananen die María Carmen haar heeft meegegeven. Denkend aan haar ouders en broertjes zoekt ze om haar hals naar de amulet die haar vader voor haar gemaakt heeft. Ze stopt hem vaak in haar mond. Het troost haar altijd, maar deze keer springt ze verschrikt overeind. Het koordje zit niet meer om haar hals. De amulet is verdwenen! Ze keert haar jutetas binnenstebuiten, zoekt in alle zakken van haar kleren, trekt zelfs haar onderbroek uit, omdat hij misschien daar ongemerkt als ze hurkte om te plassen in gegleden is. Ze vindt niets en is radeloos. Ze kijkt naar de stand van de zon. Hij staat al laag. De wolken die ervoor hangen veranderen van kleur en worden goud, lila en roze. Deze keer komt ze er niet van onder de indruk.

Opnieuw keert ze haar tas om. Niets! Haar amulet is spoorloos. Ze heeft hem verloren. Wanneer? Misschien op de markt, misschien toen ze María Carmen hielp met plukken. Aurora kruipt in elkaar als een gewond dier en huilt en huilt, tot ze geen tranen meer over heeft en het al donker is en de krekels hun nachtelijke concert geven. Ze zoekt de ster die haar volgens Dionisia zou leiden en beschermen. Maar de lucht is bewolkt. Ze ziet hem niet. Verdrietig valt ze in een droomloze slaap. Die nacht wordt ze door niets gestoord. Er klinken geen vreemde geluiden, af en toe kraakt er een tak. Als ze wakker was, zou ze meteen op haar hoede zijn. Maar haar slaap is zo vast dat ze niet merkt dat kleine dwergen met omgekeerde voeten in rode jasjes in een cirkel om haar heen gaan staan en met kille ogen naar haar kijken. Ze knikken elkaar toe.

'Die is de moeite waard,' zegt een dwerg met een oud rimpelig gezicht. Hij heeft een jasje aan, dat tot op de draad versleten is.

'We wachten tot de dageraad en om een uur of acht nemen we haar mee. Dan hebben we er weer een kind bij.'

Ze verschuilen zich in de bosjes vlakbij en wachten tot de zon opkomt. Zonnestralen die door de ritselende bladeren boven haar hoofd schijnen wekken Aurora. Ze rekt zich uit,

71

even weet ze niet waar ze is, maar dan herinnert ze het zich weer en ook dat ze haar amulet kwijt is.

De amulet was het teken van haar bestaan, gevuld met nageltjes en haartjes van toen ze nog maar een pasgeboren baby was. Ze denkt aan de glinsterende munt die María Carmen haar schonk en kijkt in haar tas. Gelukkig, ze heeft hem nog. En ook het pijpje kaneel en de takjes van de rozemarijn zitten nog onder in haar tas.

Net als ze op wil staan om een beekje te zoeken waarin ze zich wat op kan frissen, schrikt ze door het plotselinge gekraak van takken. Ze kijkt om zich heen. Vijf kleine, griezelige mannetjes lijken uit het niets te komen en gaan in een nauwe cirkel om haar heen staan. Met hun kleine knuisten pakken ze haar vast bij haar armen en benen. Ze gilt het uit van angst.

11

Aurora probeert zich los te trekken, maar de vijf dwergen houden haar stevig vast en deinzen er niet voor terug om haar te stompen en te knijpen. Aurora slaat als in een reflex wild om zich heen.

'Laat me los! Laat me los!' gilt ze. Maar de dwergen zijn sterker en sneller en ontwijken iedere klap. Ze grijnzen gemeen en knikken elkaar bemoedigend toe. Ze knijpen haar nog eens extra hard en lachen als ze het uitschreeuwt.

Na een tijdje biedt Aurora geen weerstand meer. Haar lichaam doet zeer en tranen van vernedering stromen over haar wangen. Plotseling hoort ze het luide gekras van een vogel. De dwergen kijken verschrikt op, laten haar los, rennen weg en verdwijnen in de bosjes. Aurora valt in het gras en blijft een ogenblik versuft liggen. Dan ziet ze de vogel boven haar. Hij is groot, met vleugels van bijna twee meter. Met zacht geruis landt hij naast haar in het gras. Zo'n grote vogel heeft ze nog nooit eerder gezien. Ze kijkt naar hem en hij naar haar met nieuwsgierige donkere kraalogen. De veren van zijn vleugels zijn zwart en de veertjes op zijn borst glanzen lichtbruin. Op de een of andere manier doet hij Aurora aan zichzelf denken. Zij heeft zwart haar en een lichtbruine huid. In het bruin van de vogel wisselen honderd kleuren zich af in het zonlicht dat door de bladeren valt.

Aurora kruipt voorzichtig achteruit, tot ze met haar rug tegen de stam van een boom leunt en niet verder kan. De vogel doet voorzichtig waggelend een paar stappen in haar richting. Hij spreidt zijn vleugels om zijn evenwicht te bewaren en dan ziet hij er zo indrukwekkend uit, dat Aurora haar hoofd in haar armen verbergt en niet durft te kijken. Ze verwacht ieder moment dat hij haar zal pikken, maar er gebeurt niets. Voorzichtig opent ze één oog en daarna nog een en tot haar verrassing ziet ze het witte hondje. Het zit genoeglijk tegen de grote vogel aan geleund.

Door de aanwezigheid van de witte hond verdwijnt Aurora's laatste achterdocht. Ze lacht naar de dieren, die haar vriendelijk aanstaren. Als antwoord blaft de hond en krast de vogel. En als ze weer lacht, gebeurt hetzelfde, alsof ze haar duidelijk willen maken dat ze een eenheid vormen en bij elkaar horen.

Deze vogel is het dier dat in de bergen geboren werd, toen ik het levenslicht aanschouwde, denkt Aurora en een wonderlijk geluksgevoel doorstroomt haar. Eens in haar leven zou ze dat dier tegenkomen. Dat tijdstip was nu aangebroken, ze weet het zeker.

Op handen en voeten kruipt ze naar de dieren toe om ze te aaien. Het hondje laat zich net als de vorige keer niet aanraken en loopt achteruit, verdwijnt tussen het struikgewas en lost op in het niets, maar de vogel staat toe dat ze over zijn veren strijkt en zelfs zijn snavel aanraakt. Hij kriebelt haar er zacht mee in haar hals.

Aurora kijkt om zich heen, de dwergen zijn gelukkig verdwenen en voor de vogel hoeft ze niet bang te zijn. Ze pakt haar jutetas en legt een hand op de rug van het dier. Kon hij maar bij haar blijven, dan wist ze zeker dat ze veilig zou zijn. Ze besluit verder te gaan, maar iedere stap doet pijn en haar armen en benen zitten vol blauwe plekken. Ver zal ze niet komen en de kans is groot dat de dwergen haar dan weer zullen overmeesteren. Voordat ze moedeloos weer in het gras wil gaan zitten, wordt ze zo licht als een veertje. Het lijkt of de vogel haar gedachten heeft gelezen. Met zijn rechtervleugel tilt hij haar moeiteloos op en zet haar op zijn rug. Een ogenblik later vliegen ze boven de toppen van de bergen in de vrije lucht.

Het verbaast Aurora niet. Ze heeft al zoveel wonderlijks meegemaakt.

De vogel vliegt hoger en hoger. Aurora geniet van het uitzicht en houdt zich stevig vast aan zijn hals.

Een zwoele wind blaast haar haar in de war en suist langs haar armen en benen. Hoger en hoger gaat het. De bomen veranderen in kleine plantjes. Ze vliegen boven een tussen het groen verscholen dorpje. De huisjes lijken verdwaalde kiezelstenen en de mensen mieren. Dan naderen ze de bergen en de keten van vulkanen. Aurora heeft nog nooit een vulkaan van zo dichtbij gezien. De meeste vulkanen slapen, maar in één rommelt de lava als een kolkende massa, warme dampen stijgen op en vermengen zich met de wolken. Aurora ruikt de sterke zwavelgeur die een werkende vulkaan verspreidt en houdt zich stevig vast. Gelukkig vliegt de vogel om de krater heen. Ze zucht opgelucht.

Ze vliegen door. In de verte ziet Aurora de Grote Oceaan, die zilverblauw schittert tot aan de horizon. Eindelijk landt de vogel voor de kleine ingang van een grot op de top van een berg. De vogel trekt zijn vleugels in, geeft haar met zijn snavel een duwtje en met een sprongetje belandt Aurora op de grond. Ze is duizelig. De lucht is ijl en haar armen en benen doen pijn.

'Waarom heb je me op een hoge bergtop neergezet?' vraagt ze verontwaardigd aan de vogel, hoewel ze weet dat hij geen antwoord zal geven.

'Dan kan ik je helpen,' hoort ze achter zich.

Ze draait zich verschrikt om. Achter haar staat de oude man die ze eerder ontmoette bij de verroeste pomp. De man draagt nog steeds de tot op de draad versleten bruine mantel. Zijn haar is gegroeid. Hij heeft het in een staart bijeengebonden. Er glanzen zilveren haren tussen. Zijn witte baard hangt tot op zijn middel. Aurora loopt naar hem toe en strekt haar armen naar hem uit. Hij pakt ze en drukt haar een ogenblik tegen zich aan. Ze voelt zijn warme, magere lichaam en ruikt de geur van kruiden die de vorige keer ook om hem heen hing.

'Heb je gevonden wat je zocht?' vraagt hij met een zachte maar indringende stem.

Aurora knikt, maar bedenkt opeens dat hij blind is.

'Ik ben mensen tegengekomen die me geholpen hebben,' zegt ze snel. 'Ik heb gelogeerd bij...'

'Ach, kind, dat hoef je me niet te vertellen. Ik weet het allemaal al,' valt hij haar in de rede.

'Hoe kan dat nou?' vraagt Aurora. 'U kunt me niet eens zien. U weet zelfs niet hoe ik eruitzie.'

'Ach, ben je nu al vergeten wat ik je vertelde over de andere zintuigen?'

'Nee,' antwoordt Aurora. 'Ik ben het niet vergeten en ik heb geprobeerd ze allemaal te gebruiken.'

'Dat weet ik ook. Je hebt het goed gedaan,' zegt de man. 'Je hoeft me verder niets te vertellen. De dwergen hebben je te pakken gekregen. Ze stelen graag onschuldige kinderen om ze om te toveren tot dwerg, zodat hun ras niet uit zal sterven. Ze zijn gemeen en haatdragend. Goed dat je vogel je gered heeft. Laat me je armen en benen eens zien.'

De dingen die de oude man zegt en weet, verbazen Aurora niet eens meer. Ze laat hem de blauwe plekken op haar armen zien en daarna op haar benen. Hij strijkt erover met zijn magere, verweerde handen. Ze herinnert zich hoe koud zijn aanraking was toen hij voor de eerste keer een hand op haar schouder legde. Deze keer zijn zijn handen weldadig warm. Haar hele lijf begint ervan te gloeien en de pijn trekt langzaam weg, ook de blauwe plekken verdwijnen. Hij wrijft zelfs over haar haren en volgt de lijnen van haar gezicht. Zijn vingers gaan langs haar haargrens, volgen de welving van haar neus en mond, strijken over haar wenkbrauwen, gaan voorzichtig over haar wangen en gesloten oogleden. Ze laat het toe, durft zelfs bijna niet te ademen.

'Zo,' zegt hij lachend. 'Nu weet ik precies hoe je eruitziet. Je bent een mooi meisje. Eens zul je een man heel gelukkig maken en hem prachtige kinderen schenken.'

'Wat worden het, jongens of meisjes?' vraagt ze. Haar stem klinkt spottend. Ze heeft er meteen spijt van, maar hij heeft het ook gehoord. De oude man wendt zich af en zwijgt een tijdje. Aurora durft de stilte niet te doorbreken. Haar wangen kleuren rood.

'Twijfel je aan de dingen die ik zeg?' vraagt hij eindelijk.

'Nee,' zegt Aurora. 'Ik weet dat u oud en wijs bent en de dingen in de wereld beter kent dan ik, maar soms zeg ik te snel wat ik denk en dat kan ik beter laten.'

'Ach,' zegt de man. 'Je leert wel wanneer je beter kunt zwijgen dan praten. Dat onderscheid groeit als je ouder wordt. In principe kun je altijd zeggen wat je denkt en voelt, want ieder mens is vrij om zich te uiten. Maar de manier waarop je je boodschap verpakt, bepaalt of je je doel zult bereiken.'

'Hoe lukt me dat het best?' vraagt Aurora.

'Door niemand te kwetsen en rekening te houden met het wezen van een ander mens.'

'Met zijn gevoel en kwetsbare kanten,' vult Aurora aan.

'Zie je wel,' zegt de oude man glimlachend. 'Je begint het al te begrijpen.'

Aurora bekijkt haar armen en benen. De blauwe plekken en de pijn zijn verdwenen. De zon staat laag. Eigenlijk moet ze door. Ze heeft honger. Ze moet voor de duisternis invalt nog wat eetbare bessen zien te vinden. De vogel is verdwenen. Ze heeft niet gemerkt dat hij wegvloog.

'Blijf,' zegt de oude man. 'Als je nu weggaat zul je in de bergen verdwalen en de dwergen zullen je zeker weten te vinden en meenemen, dan ben je voor eeuwig verloren. Er groeien hier bijzondere kruiden. Ik wil je leren waar je ze voor kunt gebruiken. Je zult ze in je leven nodig hebben en ik wil nog wat genieten van je gezelschap.'

'Maar ik heb honger,' zegt Aurora. 'We moeten wat te eten zoeken.'

'Kom,' zegt de man. Hij wenkt haar de grot in. Net zoals bij Dionisia staan er langs de wanden potten gevuld met amberkleurige, groene en helderblauwe vloeistoffen. Gedroogde kruiden hangen langs de wanden. Boven een vuurtje achter in de ruimte pruttelt in een pannetje rijst waarin de kleine paarse bloemetjes van de bougainville drijven om de rijst meer smaak te geven.

De man kent in de grot feilloos de weg en pakt twee tinnen borden en lepels. Hij schept een bord vol en geeft het aan Aurora en neemt zelf ook een beetje.

'U heeft zo weinig,' zegt Aurora. 'Zal ik wat van mijn bord op uw bord schuiven?' vraagt ze. Ze staat op en pakt de houten pollepel die in de lege pan staat.

'Nee, mijn kind,' zegt de man. 'Ik ben blij dat je geleerd hebt te delen, maar ik ben een oude man en heb niet veel meer nodig. Eet, jij bent in de groei en je hebt nog een lange weg te gaan.'

Aurora neemt kleine hapjes om lang van de maaltijd te genieten. Ze praten niet, maar Aurora voelt zich volledig op haar gemak.

78

12

Na de maaltijd schuurt Aurora de borden en lepels met zand schoon voor de grot. De duisternis is ingevallen. In de grot is het benauwd en daarom gaan ze op een rots bij de ingang zitten met uitzicht over de vallei. De wolken, die de dag daarvoor de sterrenhemel onzichtbaar maakten, zijn verdwenen. Aurora's ster fonkelt als een stralende diamant. Ze voelt zich volmaakt veilig bij de oude man. Hier zullen de dwergen haar niet vinden. Hier zijn geen slangen en muskieten. Vanuit de vallei klinkt het gebrul van de apen, vogels fluiten en krekels sjilpen in het hoge gras vlakbij.

Leandro had een keer een krekel gevangen, die hij in een glazen pot stopte en onder zijn bed zette. Ze werden allemaal dol van het lawaai dat de krekel de hele nacht maakte omdat het glas het geluid versterkte.

'Laat hem alsjeblieft vrij, Leandro,' zei papita. 'Zou jij het fijn vinden als ik je in een glazen pot stopte?'

Leandro klom uit bed en liet de krekel buiten vrij, zodat ze eindelijk konden slapen.

Aurora lacht in zichzelf om de herinnering.

'Je mist je familie,' zegt de oude man naast haar zacht.

'Ja,' antwoordt Aurora, 'soms verlang ik heel erg naar hen, dan zou ik ze even aan willen raken of om een hoekje willen kijken om te zien of alles goed is.'

Ze vertelt hem haar herinnering.

'Je hoeft je geen zorgen over hen te maken. Alleen Leandro heeft last van oorpijn.'

'Dat heeft hij al zijn hele leven. Hij hoest vaak en heeft zomaar ineens hoge koorts.'

'Tegen oorpijn helpen de bladeren van de cashew en eucalyptus verzacht verkoudheid. Je moet er thee van trekken en dat in een bak doen. Als je met een doek over je hoofd de dampen inademt geeft dat verlichting.'

'Ik zal het onthouden,' zegt Aurora. 'Maar ik heb er niets aan, want ik kan hem nu niet helpen.'

'Je kunt aan hem denken en wensen dat hij zich beter voelt.'

'Helpt dat?' vraagt Aurora.

'Natuurlijk. Als jij aan je broertje denkt, dan voelt hij hoeveel je van hem houdt en die liefde zal hem genoeg kracht geven om te genezen.'

Aurora staart een tijdje voor zich uit. De volle maan schijnt helder en de contouren van de bomen steken donker af tegen de nachtlucht. Vuurvliegjes dansen om hen heen en de geur van wilde jasmijn en magnolia maakt de lucht die ze inademt vol en zoet.

'Mmmmmm, mmmmmmm, mmmmm,' hoort ze ineens als een steeds terugkerend gezoem. De oude man, naast haar op de rots, maakt het geluid. Hij wiegt zijn bovenlichaam heen en weer, in een langzame cadans, die volmaakte rust uitstraalt.

Aurora kijkt verbaasd naar hem, maar dan doet ze hetzelfde en na verloop van tijd lijkt het alsof ze zweeft en haar geest loskomt van haar lichaam. Ze zweeft over de toppen van de bergen en over de droge akkertjes en dorpjes die in diepe rust zijn. En plotseling staat ze in het kleine huisje waar ze geboren is. Armando slaapt, maar haar ouders zijn wakker. Papita staat aan het voeteneinde van Leandro's bed en maakt doeken nat die hij aan mamita geeft om op het voorhoofd van het jongetje te leggen, zodat de koorts zal zakken.

Ze zien er moe uit en kijken bezorgd naar de kleine Leandro. Aurora zou graag een arm om hen heen willen slaan en hen willen troosten. Ze probeert de aandacht van haar ouders te trekken, maar ze zien haar niet. Daarom legt ze een hand op het voorhoofd van haar broertje en ze wenst met heel haar hart dat hij beter zal worden. Even later doet Leandro zijn ogen open.

Haar ouders zuchten opgelucht en mamita veegt haar tranen af aan de rand van haar schort.

'Gelukkig,' zegt ze zacht. 'Hij zal het nu wel redden.'

'Aurora, Aurora,' fluistert het jongetje en hij kijkt haar recht aan.

'Aurora komt,' zegt mamita, 'maar je moet nog even geduld hebben.'

Leandro steekt zijn armen naar Aurora uit. Ze zou hem willen vastpakken, maar ze kan geen stap verzetten en wordt weggetrokken. Dan zweeft ze weer boven de akkertjes, vulkanen en bergtoppen en even later zit ze weer naast de oude man op de rots, alsof er niets is gebeurd.

Het was een droom, denkt Aurora. Een droom, die haar heel even bij haar familie bracht.

Ze staart een tijdje voor zich uit. Het was een wonderlijke ervaring. Ze durft er niet over te beginnen.

'Je was op reis,' zegt de oude man, terwijl hij met zijn tandeloze mond naar haar lacht en zijn hand door zijn lange baard haalt. 'Nu ken je de kracht van de geest en die kracht is net als de liefde sterker dan het lichaam.'

Aurora begrijpt wat hij bedoelt en dan vertelt ze toch maar wat haar is overkomen.

Hij luistert aandachtig, zonder haar in de rede te vallen. Als ze uitgesproken is, pakt hij haar hand.

'Aurora, mijn kind. Je bent niet voor niets uitverkoren. Je zult straks heel veel legendes kennen, maar door jouw extra zintuig, je sterke intuïtie, zul je de betekenis erachter ook begrijpen en als je die kennis doorgeeft aan je kinderen en kleinkinderen, zullen ze gelukkig zijn. Dan beseffen ze dat juist in die verhalen en in de natuur hun levenskracht ligt.'

'Hoeveel kinderen zal ik krijgen?' vraagt ze.

'Ach, dat merk je wel,' zegt de man. 'Die tijd komt vanzelf.'

Ze zitten nog een tijdje naast elkaar in de duisternis, elk met hun eigen gedachten. Aurora volgt de vuurvliegjes en ze luistert naar de brulapen en de krekels. Af en toe rilt ze. De avondlucht is fris.

'Kom, we moeten gaan slapen,' zegt de oude man na een tijdje. 'Morgen is het vroeg dag en kruiden moet je plukken als de dauw erop ligt.'

'Dan werken ze zeker beter,' zegt Aurora.

'Jou hoef ik ook niks te vertellen,' zegt de oude man lachend.

'O, jawel. Er zijn nog heel veel dingen die ik niet weet.'

'Je hoeft nog niet alles te weten. Je hebt een heel leven de tijd om te leren. Kom, je moet nu gaan slapen.'

Voor ze de grot in gaan, pakt hij haar arm.

'Je moet je ster nog bedanken voor deze dag,' zegt hij zacht. 'Wees maar blij dat je geboortevogel je bij mij heeft gebracht. Hier ben je veilig.'

Aurora kijkt naar de sterren, die gaten in de hemel prikken en net venstertjes zijn waardoor ze de toekomst kan zien. Haar ster fonkelt het hardst van allemaal en is omgeven door een blauwgroene stralenkrans. Een ogenblik blijft ze er gefascineerd naar kijken. Een volmaakt geluksgevoel doorstroomt haar. Gewoontegetrouw grijpt ze naar haar amulet, maar dan herinnert ze zich weer dat ze de blankroze schelp verloren heeft. Dat is verschrikkelijk, maar gelukkig heeft ze haar ster nog. Die blijft eeuwig aan de hemel staan en zal haar gedurende haar hele leven begeleiden.

De oude man geeft haar een grote jutezak met kruiden.

'Zoek een plek, spreid de kruiden daarop uit en maak er een zacht bed van. Je zult heerlijk slapen en genieten van je dromen.'

Hij schuifelt naar een hoek van de grot en gaat in een versleten hangmat liggen. Aan zijn gelijkmatige ademhaling hoort Aurora dat hij snel in slaap valt. Naast het nagloeiende vuurtje schudt ze de kruiden uit de zak en zo heeft ze een zacht bed dat geurt naar kamperfoelie, jasmijn en kamille. Vooral de geur van kamille doet haar aan thuis denken. De steen die Armando haar voor haar vertrek gegeven heeft, legt ze in het vuur tot hij rozerood begint te gloeien. Ze trekt haar blouse uit, wikkelt de steen erin en legt hem tegen haar borst. Door de weldadige warmte valt ze spoedig in slaap.

Ze droomt van mamita die in haar schommelstoel sokken voor Armando breit van prachtige blauwe wol, zo'n mooie kleur als ze nog nooit heeft gezien. Ze lacht om Leandro die weer op krekeljacht is en het gesjilp nadoet om de diertjes te lokken. Iedere keer als hij een krekel gevangen heeft maakt hij een sprongetje van trots en rent hij naar papita om hem te laten zien. Samen laten ze de diertjes weer los, tussen het dorre groen vlak bij het beekje achter hun huis. Ze droomt van papita die hun huisje roze schildert en nieuw traliewerk aanbrengt voor de ramen en zelfs de verroeste golfplaten vervangt voor rode dakpannen, zodat hun huis er deftig en voornaam uitziet.

Aurora draait zich om op haar bed en droomt dat Armando en Leandro een schooluniform aanhebben en een tas vol interessante boeken dragen.

Armando is de beste van de klas en gaat zeker studeren en Leandro weet alles van dieren en planten en dat verbaast haar niets. Hij kan lezen als de beste. Rekenen vindt hij moeilijk, maar dat is niet erg. Er zijn zo veel dieren en planten, dat je aan tellen beter niet kunt beginnen.

Aurora ziet hen buiten bij het vuur aan de maaltijd zitten. Mamita zit in haar schommelstoel en papita heeft er ook een. De jongens zitten naast elkaar op een zelf getimmerd bankje van mooi hout. Boven het vuur pruttelt een pan met *gallo pinto*. Het ruikt heerlijk en er is genoeg. Mamita schept iedereen zelfs twee keer op. En alsof hun buik nog niet vol en rond is, krijgen ze ook nog een mango toe. Leandro knoeit op zijn schoolblouse, maar dat is niet erg, want er hangen er nog twee in de kast.

Aurora lacht in haar slaap.

13

Aurora schrikt wakker door een zacht klopje op haar schouder. De oude man geeft haar een mok geurige kamillethee en een gekookte maïskolf.

Aurora drinkt de thee met kleine slokjes, neemt hapjes van de kolf, die heerlijk zoet is, en denkt aan de leuke dingen die ze die nacht heeft gedroomd.

'Als ik mijn hele leven op een bed van kruiden zou slapen, zou ik dan altijd gelukkige dromen hebben?' vraagt ze aan de oude man.

Hij lacht.

'Ik weet het niet. Je droomt namelijk altijd over iets wat te maken heeft met wat je overdag bezig heeft gehouden. In dromen raak je spanning kwijt over vrolijke, maar ook over verdrietige dingen.'

'Vannacht heb ik heerlijk gedroomd,' zegt Aurora. 'Ik was bij mijn ouders en broertjes en het ging heel goed met hen.'

'Je voelt je hier veilig, dan droom je ontspannen en de kruiden zullen er zeker aan bijgedragen hebben.'

'Kwam die droom maar uit,' zegt Aurora, terwijl ze zich uitrekt. 'Ze waren allemaal zo tevreden en gelukkig.'

'Waren ze dat niet toen je wegging?' vraagt de oude man.

'Jawel,' zegt Aurora. 'Mijn ouders houden veel van elkaar en ook van ons, maar ze hebben zorgen over de gezondheid van Leandro en ze willen graag dat de jongens naar school gaan, maar daar is geen geld voor. Soms is er geeneens geld om een nieuwe broek of blouse voor hen te kopen en mijn moeder loopt al jaren in dezelfde jurk.'

'Hebben jullie altijd te eten?' vraagt de man.

'Meestal wel, alleen als het erg droog is en de gewassen in ons tuintje verdord zijn en we alles op de markt moeten kopen, dan wordt het moeilijk.'

Hij knikt begrijpend, dan springt hij op.

'Kom,' zegt hij. 'Nog even, dan zijn de dauwdruppels op de kruiden verdampt. We moeten ze voor die tijd plukken.'

Hij pakt een jutezak en slaat hem over zijn schouder. Aurora pakt de tas die mamita voor haar gemaakt heeft en volgt hem. Het verbaast haar dat hij, terwijl hij blind is, de weg zo goed weet.

Hij loopt langzaam maar zijn voeten ontwijken iedere steen en hij zoekt steun aan de rotswand, zodat hij nooit te dicht bij de afgrond loopt. Zijn lippen bewegen, alsof hij zijn stappen telt. Kleurige vogels vliegen met veel lawaai af en aan met vliegjes en wormen in hun snavel. Ze voeden hun jongen die in de nesten hoog in de bomen hongerig schreeuwen naar meer.

'We zijn bij de parkieten,' zegt de oude man. 'Hier zul je goudwortel en wijnruit vinden.'

'Ik weet niet hoe die planten eruitzien,' zegt Aurora.

Hij loopt een eindje van het pad af en plukt er een paar.

'Kijk,' zegt hij, 'dit is aluin en dit is goudwortel en verderop staat wijnruit en aloë.'

Het verbaast Aurora al niet meer dat hij precies weet waar ze groeien, en even later ontdekt ze dat ieder kruid een eigen geur heeft, die sterker wordt naarmate ze dichterbij komt.

Ze vinden ook nog alsem en doornappel en al plukkend en zoekend legt hij Aurora de werking uit.

Het ene kruid werkt als je het fijnstampt tegen buikpijn. Van het andere kun je soep trekken tegen nierproblemen en weer een ander kruid zuivert het bloed. De oranje bloemen van de aloë zijn goed voor de huid en voor het haar. Gemberwortel geeft vitaliteit.

'Soms heeft de gemberwortel de vorm van een mens,' voegt hij toe. 'Zwarte heksen maken voor zo'n wortel kleren en met die pop kunnen ze veel kwaad aanrichten. Kijk dus altijd goed uit aan wie je gember verkoopt.'

'Verkoopt?' vraagt Aurora verbaasd.

'Waarom denk je dat ik je dit leer?' vraagt de oude man verbaasd. 'Als je straks weer thuis bent en alles van kruiden weet, dan kun je ze plukken, drogen, er medicijnen van maken om op de markt te verkopen, dan hoeven jullie nooit meer honger te lijden.'

'Ik denk niet dat al die kruiden bij ons groeien.'

'Natuurlijk wel. Je hebt ze alleen nooit herkend.'

Ze plukken zwijgend door, want de zon klimt hoger en hoger. Aurora's tas is al halfvol.

'Genoeg,' zegt de man na een tijdje en hij bindt tevreden de jutezak dicht en slaat hem over zijn schouders. Aurora doet haar tas ook dicht en volgt hem terug naar de grot.

Halverwege begint het flink te waaien. Ze kunnen zich met moeite staande houden.

'De taal van de wind vertelt ons niet veel goeds,' schreeuwt de man. 'We moeten voortmaken.'

Ze worstelen verder, snakkend naar adem. Ineens begint het te regenen. Eerst zacht, maar dan steeds harder. Dikke druppels kletteren op Aurora's blote armen en benen tot het pijn doet en haar oren gonzen. De aarde beeft. Takken zwiepen heen en weer en slaan in haar gezicht. Bladeren vliegen in het rond en houden een wilde dans met de wind. Vogels zoeken een veilig onderkomen in de bomen. Apen beginnen angstaanjagend te schreeuwen. Een bliksemschicht schiet vlak voor Aurora de grond in. Ze schrikt, verliest haar evenwicht en valt languit in de modder. Een sterke arm trekt haar overeind.

'Kom, we moeten snel naar mijn grot, daar zijn we veilig.'

Ze worstelen tegen de storm in en komen uitgeput bij de grot aan. Een omgevallen boom verspert de ingang.

'We kunnen niet naar binnen!' roept Aurora boven het toenemende gebulder uit. 'Er ligt een boom voor de opening van de grot.'

Ze pakt de man bij zijn hand en leidt hem naar de boom. De stam is meer dan een meter dik, die krijgen ze nooit weg.

Besluiteloos kijkt Aurora om zich heen. Er ontstaan watervallen die stenen en zand meesleuren, zelfs hele struiken. Ze kunnen nergens schuilen.

Vlakbij is een gedeelte van het pad afgebrokkeld en in het ravijn gegleden. Aurora is bang, zo bang als ze nog nooit in haar leven is geweest.

De oude man merkt het. Hij pakt haar bij de hand en wijst naar een opening in de bergwand boven de grot.

'Nog even volhouden,' zegt hij. 'Daarboven ligt nog een grot. Kun je ernaartoe klauteren?'

Er loopt een smal pad. Ze knikt, maar beseft dat hij haar niet ziet en knijpt in zijn hand, ten teken dat ze het zal proberen.

Ze zoeken op de tast houvast aan de bergwand. Het ravijn gaapt naast hen. De man houdt haar stevig bij de hand tot ze veilig in de hoger gelegen grot zijn. De kruiden zijn doorweekt.

'Die gaan rotten,' zegt Aurora. 'Daar hebt u niks meer aan.'

Ze huivert en zou het liefst willen huilen, maar ze krijgt er geen kans voor.

'Help me even,' zegt de man. 'Er moet ergens een stapel takken liggen en een steen, daar kunnen we een vuur mee maken om onszelf en de kruiden te drogen.'

Aurora rilt van de kou en doet snel wat hij vraagt. Op de tast zoekt ze de grot af, tot ze in een hoek achteraan een stapel droge takken en een kei vindt. Ze sleept de takken naar het midden van de grot, en door de steen tegen de rotswand te schrapen probeert de man het vuur aan te steken. Er springen maar een paar vonkjes van de muur. De takken vatten geen vlam. Aurora herinnert zich de steen die Armando haar gegeven heeft. Ze schudt de kruiden uit haar tas, pakt de steen en geeft hem aan de man. Hij ketst de twee stenen tegen elkaar en binnen een paar minuten wordt het behaaglijk warm. Ze spreiden de kruiden uit op de vloer om te drogen en kruipen zelf dicht naar het vuur. De vlammen dansen en vormen grillige schaduwen op de wanden van de grot, waarin tekens zijn gekerfd. Aurora tuurt ernaar. Sommige tekens lijken wel een dier, een vogel of een aap. Andere tekens lijken wel de zon of bladeren of simpelweg krassen. Het zijn geen gewone letters. Ze begrijpt er niets van. Ze staat op en voelt met haar hand langs de rotswand. De tekens zijn er met iets scherps ingekerfd, vast al jaren geleden.

'Dat zijn tekens van je voorvaderen,' zegt de blinde man.

'Weet u wat ze betekenen?'

'Toen ik jong was en nog niet blind, heb ik deze grot ontdekt. Maar dat is al langgeleden. Ik herinner me niet meer wat er staat. Vertel het me maar.'

Aurora volgt met haar hand de tekens en geeft een zo goed mogelijke omschrijving.

'Het gaat over de taal van de wind,' zegt hij. 'De wind die verhalen vertelt en rampen voorspelt. Jij bent een Sutiaba, dus je moet er ook naar leren luisteren. Als de wind zacht fluistert, hoef je geen kwaad van de weergoden te verwach-

89

ten. Maar als de wind tekeergaat, als bladeren van de bomen waaien en dieren krijsen, dan moet je snel maken dat je een schuilplaats vindt.'

Aurora rilt, als ze denkt aan wat er vandaag allemaal mis had kunnen gaan.

'De wind geeft aan wanneer er storm of zelfs een aardbeving komt,' gaat de man verder, 'dan ruisen de bomen en de aarde kreunt. De kracht van de natuur is overweldigend, daar kunnen mens en dier niet tegenop. Daarom moeten we eeuwenoude bomen niet omkappen, we moeten geen akkertjes platbranden omdat we geen zin hebben om de grond om te spitten. We moeten het territorium van wilde dieren niet beperken door er dorpen te bouwen. We moeten respect hebben voor alles wat leeft. We zijn het verplicht aan de aarde, omdat wij erop mogen leven. Moeder aarde zorgt alleen voor haar schepsels als zij liefdevol met haar omgaan. Luisteren we niet naar het verhaal van de wind en hongeren we de aarde uit, dan zullen generaties na ons de gevolgen daarvan ondervinden.'

Aurora is heel stil.

'Mijn vader zei zulke dingen ook, alleen niet met zo veel woorden. Wie bent u? Hoe heet u eigenlijk?'

'Ach,' zegt de man,' ik heb geen naam. Ze noemen me *De oude man uit de bergen*. Ik help verdwaalde reizigers, zoals jij. Ik zorg voor het natuurlijke evenwicht in de bergen. Ik bescherm de planten en dieren. Maar ik ben oud. Ik heb geen opvolger om die taak over te nemen.'

'Er is vast wel een jongen die u wil helpen.'

Wat verdrietig schudt de oude man zijn hoofd. De meeste mensen zijn bang voor me, omdat ze denken dat ik niet echt besta. Ze denken dat ik een zwervende ziel ben die niet los kan komen van de aarde. Ik help mensen, maar sommigen willen uit angst niet geholpen worden.'

Aurora legt even haar hand op de arm van de man. Snel trekt ze hem terug. Zijn arm is ijs- en ijskoud, terwijl ze dicht bij het vuur zitten en het in de grot weldadig warm is. Een koude rilling kruipt over haar rug.

14

De volgende morgen wordt Aurora gewekt door zonlicht dat door de opening van de grot naar binnen
valt. Ze staat op en gaat naar buiten. De wereld is helder en
vochtig, pas gewassen. Alles is groen en glimt, de vogels
fluiten, het krekelkoor zingt en geelgroene parkieten vliegen
van tak naar tak. Blauwe vogels zoeken naar insecten. Alleen aan de omgevallen bomen en aan de takken die op de
grond liggen, ziet ze dat het gisteren flink heeft gestormd.
Ze haalt diep adem. De dag lacht haar weer toe. Alles is
mooi en lieflijk. Vandaag moet ze verder trekken. Ze heeft
veel van de oude man geleerd, maar ze verlangt naar huis en
ze kan pas teruggaan als ze alle legendes kent. Ze plukt wat
bessen en vindt een kuil waarin regenwater staat. Ze doet
wat water in een conservenblikje en zet dat op het nog
smeulende vuur, dan legt ze er wat kleine takken op en
blaast. Al snel laaien de vlammen op en begint het water te
koken. Ze strooit er wat bloemen van de kamille in en laat
de thee trekken. Als de drank wat is afgekoeld neemt ze een
paar slokken en ze eet wat bessen. Daarna besluit ze de
oude man te wekken. Hij reageert niet direct op haar stem.
Ze raakt hem zacht aan, weer geen reactie. Ze legt haar
hoofd op zijn borst om te horen of hij nog ademhaalt en of
zijn hart klopt. Maar ze hoort of voelt niets. Zijn huidskleur

is grauw en zijn wangen zijn ingevallen. Het lijkt alsof al het leven uit hem geweken is. Aurora legt een hand op zijn voorhoofd, raakt zijn armen aan. Ze zijn koud als steen. Ze huivert.

'Hij zal toch niet dood zijn?' vraagt ze zich hardop af. Bij die gedachte stromen de tranen over haar wangen. Ze kent hem nog maar kort, maar hij is een vriend geworden. Ze schudt hem door elkaar en neemt hem in haar armen.

'Oude man uit de bergen!' roept ze in haar vertwijfeling omdat ze zijn naam niet weet. 'U mag niet doodgaan. Er zullen nog veel reizigers verdwalen en die moet u helpen.'

Maar de oude man zegt niks en Aurora gaat in elkaar gedoken als een geslagen dier in een hoekje van de grot zitten. Ze begint wanhopig te huilen. Er komt geen eind aan haar tranen, omdat diep binnen in haar, in een donker hoekje, nog veel meer verdriet ligt. Ze ziet haar opa en oma op hun sterfbed. Ze was nog maar een klein meisje, maar alle pijn van toen komt ook naar buiten en lost op in een zee van tranen.

'Waarom gaan alle mensen waar je van houdt dood?' vraagt ze zich zacht af.

'Dat hoort bij het leven. Er is een begin en een eind en dat geldt voor ieder wezen op aarde.'

Aurora kijkt verbaasd op. De oude man zit rechtop in zijn hangmat en loopt even later naar het vuur om zijn handen te warmen. Hij lacht naar haar.

'Ik dacht dat u dood was,' stamelt ze.

'Ik was op reis,' zegt hij hoofdschuddend. 'Ik was alleen even op reis, maar nu ben ik er weer.'

Aurora denkt aan de keer dat ze ineens in het huisje bij haar ouders was en Leandro ziek op bed lag. Toen was ze ook op reis. Ze lacht opgelucht. Ze geeft hem de bessen en de thee, maar hij zet het eten achteloos ter zijde.

'Ik heb geen trek,' zegt hij, terwijl hij opstaat en naar buiten loopt. Ze ziet hem staan tegen het blauw van de hemel. Hij kijkt in de richting van de opkomende zon die langzaam bezit neemt van de dag en spreidt zijn armen uit alsof hij iedere zonnestraal wil vangen. Zijn lippen prevelen woorden die Aurora niet verstaat. Nieuwsgierig loopt ze naar buiten. De man voelt dat ze naast hem staat.

'Ik omarm het leven,' zegt hij. 'Dat doe ik iedere morgen. Je krijgt er energie van, omdat de natuur vooral bij de dageraad haar krachten met de mens wil delen. Kom, doe hetzelfde, spreid je armen naar de zon, koester je in het licht, adem het in en laat het in je hele lichaam stromen, dan kun je deze nieuwe dag weer aan.'

Aurora strekt haar armen uit naar de zon en voelt de warmte door haar lijf stromen. De berglucht is zwoel en zacht. Ze ademt een paar keer diep in en uit. Een overweldigend geluksgevoel overvalt haar.

Zo staan ze een tijdje naast elkaar, in het besef dat ze één zijn met de natuur en er volledig in opgaan. Een krakende tak verstoort hun meditatie. Ze kijken op in de richting waar het geluid vandaan kwam. Een wit hondje springt weg tussen het struikgewas.

'De witte *Cadejo*,' fluistert Aurora.

'Jouw goede *Cadejo*. Dat hondje zal je beschermen, want vandaag moet je verder trekken.'

'Weet ik,' zegt Aurora. 'Waar moet ik heen? Ik ken al een paar legendes, maar er zijn er vast nog veel meer.'

'Ach, dat is door het lot bepaald. Ga gewoon de wereld in, sta open, dan zul je vinden wat je zoekt.'

'Weet u in welke richting ik moet lopen?' vraagt Aurora.

'Gewoon in de richting waar de zon zich verstopt, maar dat wist je toch al.'

De man denkt een ogenblik na.

'Kom, laten we eerst naar mijn grot gaan, om te kijken of we iets kunnen doen aan die omgevallen boom, daarna wijs ik je de weg. Waar de zon ondergaat ligt de berg Xochitepetl, die speelt in de geschiedenis van de indianen een belangrijke rol.'
Ze klauteren voorzichtig naar beneden. De grond is modderig en overal liggen losse rotsblokken en afgebroken takken. Aurora houdt zich vast aan struiken en uitstekende rotspunten. De ingang van de grot ligt achter grote brokken steen die van de berg naar beneden zijn gegleden.
Aurora klimt op de stenen en gluurt door een kier naar binnen. Van de grot is niets over. Ze slaat verschrikt haar hand voor haar mond.
'De grot is ingestort,' roept ze.
'Wat een geluk dat die boom gisteren voor de ingang is gevallen,' zegt de man, 'zodat we niet naar binnen konden. We zijn aan een groot gevaar ontsnapt.'
Aurora gluurt nog een keer door een spleet de grot in. Er ligt alleen maar puin en steen. Ze huivert.
'U kunt er niet meer in wonen. Waar moet u nu slapen?'
'Ach, maak je over mij geen zorgen. Ik slaap vaak in de openlucht en in de regentijd kan ik altijd in de grot hierboven schuilen.'
Aurora probeert nog wat brokken steen weg te slepen, maar het is onbegonnen werk.
'Hoelang woonde u hier al?' vraagt Aurora.
'Ach, al eeuwen,' antwoordt de oude man.
Aurora hoort het antwoord niet. Haar aandacht wordt getrokken door een berg aan de horizon. Hij is hoger dan de omliggende bergen en hij glinstert als goud. De aanblik overweldigt haar, zoiets moois heeft ze nog nooit gezien.
'Je kijkt naar de Xochitepetl, is het niet?' vraagt de oude man naast haar.
'Ja,' zegt Aurora. 'Hij lijkt wel van goud.'

'Eén keer per jaar kwamen alle Sutiaba die aan de kust van de Grote Oceaan woonden daar bij elkaar. Ze namen de mooiste bloemen die ze konden vinden mee ter ere van de godin van de liefde en de heer van de bloemen en die legden ze op de helling van de berg, zodat er een geurige bloemenzee ontstond.'

'Hoe weet u dat?' vraagt Aurora terwijl ze haar ogen niet van de berg af kan houden. 'Ik vind het zo gek dat ik die berg nooit eerder heb gezien.'

'Alleen als de zon er op een bepaalde manier op schijnt en bij sommige weersomstandigheden kun je hem van verre zien. Het is een gouden berg die geluk en voorspoed brengt als je er bloemen offert. Toen mijn ogen nog goed waren heb ik die kleurige bloemenzee vaak gezien. Mannen, vrouwen en kinderen namen een bad in de Grote Oceaan en vroegen aan de goden om al het goeds dat ze in hun leven zouden willen hebben. Daarna zongen en dansten ze en als de wind mijn richting uit stond, kon ik flarden van hun gezangen horen. Ik voelde me net zo gelukkig als de mensen die feestvierden op de berg. Maar dat was vroeger, nu brengen de mensen er geen bloemen meer.'

'Waarom niet?'

'De meeste mensen vergaten het verhaal van de berg aan hun kinderen en kleinkinderen door te geven. Toen de oude mensen stierven, wisten de jongeren niet eens dat de Xochitepetl bestond.'

'En de Sutiaba die eens rijk waren werden arm,' zegt Aurora verdrietig. Ze denkt aan thuis. Echt arm zijn ze niet, want dan zouden ze op de vuilnisbelt zwerven op zoek naar eten en naar spullen die anderen weggegooid hadden, maar rijk zijn, echt rijk zijn is anders.

'Vroeger zat er veel goud in de grond van de Sutiaba,' gaat de oude man verder. 'De mannen maakten er prachtige sieraden van voor de vrouwen en meisjes. Maar ze kenden er zelf de waarde niet van. Ze ruilden het tijdens de overheersing van de Spanjaarden voor glinsterende glazen kettinkjes of voor tinnen borden en pannen. De Spanjaarden roofden het land, plunderden, verdwenen en lieten de indianen berooid achter.'

'Dus daarom zijn de Sutiaba arm,' zegt Aurora. Ze zucht diep. 'En rijk zullen we nooit worden.'

'Je bent rijk,' zegt de oude man. 'Je denkt toch niet dat rijkdom zit in het aantal gouden kettingen dat je bezit of in de hoeveelheid grond die je hebt?'

'Nou...' begint Aurora. Ze wil zeggen dat het wel handig is als je een zak met geld hebt en nooit een muntstukje tweemaal om hoeft te draaien voor je het uitgeeft, maar ze zwijgt als ze het vastberaden gezicht van de man naast haar ziet.

'Rijkdom zit in je ziel,' zegt hij zacht. 'In de liefde en respect die je voor anderen hebt, in de wijsheid die de legendes je leren. Rijkdom is genieten van wat de natuur je schenkt, zoals een prachtige zonsondergang of het schijnsel van de maan en de sterrenhemel. Rijkdom is genieten van velden met bloemen, van vogels en van vlinders. Rijkdom is openstaan voor alles wat leeft en daar heb je geen geld voor nodig. Heb je ooit een overweldigend geluksgevoel gehad van een glimmende munt?' vraagt hij.

Bijna onmerkbaar schudt Aurora haar hoofd.

'Nou dan,' gaat de man verder. 'Hoe voelde je je toen je broertjes geboren werden? Wat voelde je vanmorgen toen na de storm van gisteren de wereld er herboren uitzag?'

'Ik voelde me heel gelukkig,' zegt Aurora zacht.

'Dat is pas rijkdom, Aurora,' zegt de man, 'en die ligt in je ziel.'

15

'Ga naar *De Berg van de Bloemen*, de Xochitepetl, daar zul je overblijfselen vinden van het allereerste bestaan van jouw indianenstam. Misschien tref je er zielsverwanten en die zullen je zeker helpen. Misschien ben je er alleen. Neem dan een bad in de oceaan, pluk bloemen en leg ze aan de voet van de berg. Dat zal je geluk brengen.'

De oude man wijst in de richting van de berg.

'Ze noemen hem ook wel *De Gouden Berg* omdat hij zo schittert in de zon.'

'Wat doe ik als ik de dwergen weer tegenkom?' vraagt Aurora.

'Als je flink doorloopt, ben je er voor de zon ondergaat. Je hoeft niet bang te zijn, want de dwergen ontvoeren alleen 's morgens vroeg kinderen en ze weten dat de goden van de berg geluk brengen en geen kwaad dulden. Bovendien zal de witte *Cadejo* je tijdens je tocht beschermen.'

Hij loopt een eindje met haar mee het pad af naar beneden en legt een hand op haar hoofd ten afscheid.

'Ga, mijn kind,' zegt hij. 'Je kunt voor anderen veel betekenen. Ik ben blij dat je mij geaccepteerd hebt zoals ik ben. Ga nu, verknoei geen tijd en als je langs dezelfde weg terug naar huis gaat, neem dan wat tabak voor me mee.'

Opgewekt gaat Aurora op pad. Rode vlinders met een zwarte stip op hun vleugels fladderen om haar heen. Ze geven haar een zorgeloos gevoel. Haar stap wordt licht, zodat het lijkt alsof zij ook vliegt. Ze zingt het liedje dat mamita altijd voor hen zong als zij en haar broertjes naar bed moesten. Het gaat over zoete dromen in de nacht en over heldere sterren die waken over ieder mensenkind. Het is een weemoedig lied en omdat Aurora's heimwee er heviger door wordt, stopt ze met zingen midden in een zin, maar achter haar zingt iemand de laatste regels. Ze draait zich verschrikt om, bang dat het toch de dwergen zullen zijn, die haar in de val willen lokken.

Tien meter achter haar loopt een meisje ongeveer even oud als zijzelf. Ze lacht naar Aurora en steekt haar hand op.

'Wacht even, ik kan je niet bijhouden,' roept ze.

Aurora gaat aan de kant van het pad in het droge gras zitten. Even later komt het meisje naast haar zitten. Ze heeft een leuk gezicht met vrolijk lachende ogen die Aurora nieuwsgierig opnemen.

'Wat doe je hier zo alleen?' vraagt ze.

Aurora aarzelt, maar dan vertelt ze haar toch het doel van haar reis, alsof ze elkaar al jaren kennen.

'Dus je bent een Sutiaba!' jubelt het meisje na Aurora's verhaal. 'Ik ook, ze hebben me zelfs naar een prinses uit een legende genoemd.'

'Hoe heet je dan?'

'Ik heet Xochit-Acati, maar ze noemen me Acati, dat betekent suikerrietbloem.'

'Welke legende was dat dan?' vraagt Aurora. 'Ik heb nog nooit van die naam gehoord.'

'Ken je de legende van het opperhoofd van de indianen dan niet?'

Aurora schudt haar hoofd en luistert aandachtig als Acati begint te vertellen.

'Langgeleden, in 1600, leefde het stamhoofd Adiac. In 1610 barstte de vulkaan Momotombo uit en de oude stad León werd bedolven onder lava. Vanaf de top van *De Gouden Berg* zag het stamhoofd de weerloze mannen, vrouwen en kinderen die vluchtten voor de boosheid van de aarde. De Spanjaarden, die toen de indianen overheersten, waren ook bang en namen heel veel land in beslag. Ze dachten dat ze ver weg van de Momotombo veilig zouden zijn. De meeste Sutiaba vluchten naar de wijk Laborio in León, die vroeger Klein Spanje heette. Het stamhoofd zond een delegatie om hen te helpen.

Zijn dochter, naar wie ik dus vernoemd ben, Xochit-Acati, ging mee en ook zijn officiële boodschapper Cobati-Misquiti. Die twee waren verliefd op elkaar.'

Acati pauzeert even en lacht naar Aurora.

'Kun je het nog volgen?' vraagt ze.

'Ja, hoor,' antwoordt Aurora.

Acati haalt diep adem en gaat verder met haar verhaal.

'Maar Xochit verloor haar hart aan de Spaanse kapitein Alonso Espinales en Cobati-Misquiti werd vreselijk boos. Zijn naam betekende dodenslang en hij verzon een list om wraak te nemen. Hij vertelde de Spanjaarden dat het stamhoofd van de Sutiaba zich voorbereidde om hen aan te vallen en dat hij daar aan de voet van *De Gouden Berg* over vergaderde met zijn stamleden. De blanken geloofden het verhaal direct en met een speciale eenheid, de Draken, trokken ze naar de Xochitepetl, waar het opperhoofd zich van geen kwaad bewust was en juist plannen aan het maken was om de mensen in de stad te helpen na de uitbarsting van de vulkaan.

De Spanjaarden staken op bevel van de kapitein alle huizen van stro in brand en het stamhoofd werd gevangengenomen en opgehangen aan de oudste tamarindeboom. Toen hij stierf veranderde zijn ziel in een glinsterende gouden krab met ogen van diamant en die zwerft nog steeds door León.'

Aurora zucht. 'Gemeen dat het stamhoofd werd opgehangen, terwijl hij de slachtoffers van de vulkaanuitbarsting wilde helpen. Hoe liep het af met die prinses?'

'Toen ze hoorde dat haar vader vermoord was, haastte ze zich naar het plein gewapend met een lans van bot. Ze kwam toevallig de kapitein tegen. "Dief van mijn eer en moordenaar van mijn vader," riep ze woedend terwijl ze de lans in zijn hart stak. Ze wilde niet veroordeeld worden volgens de wetten van de buitenlanders en rende over een verlaten landweg naar een brandende hut en gooide zichzelf in het vuur als offer aan de goden. Alle leden van de indianenstam waren heel bedroefd dat hun wijze stamhoofd Adiac en zijn mooie dochter dood waren. Ze begroeven hen in *De Gouden Berg* en Cobati-Misquiti werd terechtgesteld als verrader.

En zo ontstond de legende van *De Gouden Krab*,' eindigt Acati haar verhaal.

'Loopt hij echt door León?' vraagt Aurora.

'Ze zeggen dat de krab weet waar de gouden schatten van het stamhoofd liggen. Mensen die de krab zien achtervolgen het diertje, maar als ze hem bijna te pakken hebben, verandert de krab in een man die er zo dreigend uitziet, dat iedereen gauw maakt dat hij wegkomt, als dat tenminste lukt, want er zijn ook mensen die van schrik niet meer kunnen lopen of praten en zeven dagen met hoge koorts in bed liggen.'

'Van wie heb jij dit gehoord?' vraagt Aurora.

'Van mijn moeder.' Acati zwijgt even, dan kijkt ze Aurora aan. 'Ze was een meisje net zo oud als jij, toen gaven de voorvaderen haar ook de opdracht om de legendes te verzamelen.'

'En jouw moeder ging op reis, net zoals ik nu?'

'Ja, zij ging ook op reis.'

'Misschien wil ze mij wel helpen,' zegt Aurora.

'Dat moet je haar zelf vragen. Kom maar mee. We moeten voor het donker thuis zijn.'

'Want anders komen de dwergen ons vangen,' zegt Aurora.

Acati kijkt om zich heen en pakt haar hand.

'Kom,' zegt ze nog eens.

Onderweg praten ze niet veel. Ze lopen stevig door en zijn voortdurend op hun hoede voor de dwergen. Ze zijn er gelukkig niet, wel loopt de witte *Cadejo* voor hen uit. Het hondje komt nooit dicht in hun buurt, maar kijkt regelmatig om. Het geeft Aurora een veilig gevoel, maar als ze het tegen Acati zegt, kijkt het meisje haar verbaasd aan.

'Ik ken de legende van de witte en zwarte honden wel,' zegt ze, 'maar ik heb ze nog nooit gezien.'

Als de zon laag aan de hemel staat, horen ze plotseling geschreeuw. Het klinkt rauw en bedreigend alsof iemand ontzettend kwaad is. Verschrikt staan ze stil. Op het pad voor hen komt een man hen tegemoet. Hij zwalkt van links naar rechts, zoekt steun aan de stam van een boom, zingt en slaat wartaal uit. Hij zwaait met een fles rum waaruit hij af en toe een slok neemt.

'Het is Bisco, die woont in ons dorp,' fluistert Acati en ze trekt Aurora de bosjes in. 'We moeten ons verstoppen. Hij heeft een kwade dronk.'

Ze verschuilen zich achter een rotsblok. Acati trilt helemaal.

'Stil maar,' troost Aurora. 'De witte *Cadejo* beschermt ons wel.'

'Jij hebt makkelijk praten,' zegt Acati. 'Ik zie hem niet en er worden in deze omgeving vaak vrouwen verkracht. Ik mag hier van mijn moeder eigenlijk niet komen.'

'Ik ben bij je,' zegt Aurora, terwijl ze probeert niet te laten merken dat ze zelf, ondanks de witte *Cadejo*, ook bang is. Ze gluurt om een hoek van de rots. Ze schrikt van de woeste uitdrukking in de ogen van de man. Hij loenst en tuurt in hun richting. Aurora en Acati proberen zich te verstoppen. Maar hij heeft hen toch gezien en komt met wankele stappen naar hen toe gelopen.

'Wat moeten we doen?' jammert Acati. 'Zelfs dronken is hij sterk.'

Koortsachtig kijkt Aurora om zich heen. Er is nergens een boom waar ze in kunnen klimmen. Er zijn alleen lage struiken en rotsen. Vanuit haar ooghoeken ziet ze dat de witte *Cadejo* op het pad voor de dronkaard heen en weer loopt en ineens is er ook een zwarte hond, die naast de dronkaard loopt, groter en groter wordt en de man begint te bijten. Het witte hondje mengt zich ook in de strijd. De honden rollen vechtend over de grond, maar lijken alletwee even sterk. Aurora vergeet zich te verstoppen en komt achter de rots vandaan. De man loopt gemeen grijnzend naar haar toe, maar het witte hondje gromt en blijft staan tussen Aurora en de man. En de zwarte hond bijt hem zo hard in zijn benen, dat hij jammerend wegloopt.

Acati zucht opgelucht.

'Waarom zou hij opeens weggerend zijn?'

Aurora vertelt haar dat de witte en de zwarte *Cadejo* er waren en hen gered hebben, maar Acati heeft niets gezien en niets gehoord.

'Jij bent uitverkoren,' zegt ze. 'Net als mijn moeder, die ziet ook dingen die een ander niet ziet.'

'Onze voorvaderen willen ons via de legendes de wetten van de indianen leren, dan weten we hoe we moeten leven,' zegt Aurora peinzend. 'Ik denk dat de witte *Cadejo* de beschermer van het goede is, maar als je de zwarte *Cadejo* ziet, dan dreigt er gevaar.'

16

Als ze vlak voor zonsondergang in Las Peñitas, het dorpje aan de Grote Oceaan waar Acati woont, aankomen, staat haar moeder Sofia al ongerust op de uitkijk.

'Kom, kind,' zegt ze tegen Aurora. 'Ik wist dat je mee zou komen, maar waarom zijn jullie zo laat?'

'We hebben een tijdje zitten praten en halverwege kwamen we Bisco tegen. Hij was weer dronken.'

'Het is een wonder dat jullie veilig zijn thuisgekomen, want die bruut is tot alles in staat,' zegt Sofia geschrokken.

'De witte en de zwarte *Cadejo* waren er,' zegt Aurora. Ze rilt als ze aan het voorval terugdenkt.

'De voorvaderen hebben jullie beschermd,' zegt Sofia. Ze vouwt haar handen even en wenkt hen naar binnen.

Aan een tafel gemaakt van katoenboomhout zit een oude man de krant te lezen.

'Dit is mijn vader,' zegt Sofia. 'Hij leest de krant op zijn kop, maar dat geeft niet. Hij weet toch alles al van het verleden en de toekomst.'

De vader van Sofia lacht met een tandeloze mond naar hen. Zijn hoofd is bijna kaal, alleen een paar zilvergrijze plukjes staan grappig overeind. Zijn ogen verwarren Aurora, ze staan ondanks zijn leeftijd helder en hij kijkt haar zo doordringend aan, dat ze er verlegen van wordt.

'Weer een uitverkoren kind,' zegt hij met een tevreden gezicht. 'Ze weten ons ook altijd te vinden.'

Sofia glimlacht naar hem en wrijft liefkozend over zijn rug. 'We wachten nog even op Julio en dan gaan we eten,' zegt ze. Niet lang daarna komt Julio, Acati's broer, binnen. Hij is een hoofd groter dan Aurora en draagt een transistorradio waaruit een treurige *bolero* klinkt op zijn schouder. Als hij Aurora ziet, sist hij bewonderend tussen zijn tanden.

'Hé, Julio,' zegt Acati. 'Kun je ons niet wat vrolijke salsamuziek laten horen?'

Julio schudt zijn hoofd.

'Ik hou van deze muziek,' antwoordt hij ernstig. 'Het klinkt zo droevig dat ik er kippenvel van krijg, dan verlang ik naar een mooi meisje dat me troost.' Hij kijkt veelbetekenend naar Aurora, maar die doet net of ze niets merkt.

Sofia zet de tafel en een paar driepotige krukken buiten en Acati pakt tinnen borden en lepels en haalt de pan van het vuur.

'We eten vandaag *nacatamal*, ter ere van onze gast,' zegt Sofia, terwijl ze voorzichtig om haar handen niet te branden de bananenbladeren in de pan openvouwt en varkensvlees met maïs op de borden schept. Het gerecht heeft urenlang staan sudderen en smaakt heerlijk.

Onder de sterrenhemel met het geruis van de Grote Oceaan op de achtergrond praten ze over Aurora's geboortedorp en over het doel van haar reis.

'En ben je al wat legendes te weten gekomen om later aan je kleinkinderen te vertellen?' vraagt Julio een beetje spottend. 'Vrouwen!'

'Julio,' zegt Sofia, 'ik weet dat je niets met de legendes hebt. Je bent een man en die doen er altijd stoer over, maar ik wil niet dat je zo lelijk tegen Aurora doet.'

Julio steekt beledigd zijn neus in de wind.

'Wat hoor ik daar?' vraagt grootvader, die zich tot nu toe niet in het gesprek gemengd heeft. 'Ik heb de personen uit de legendes nooit gezien, dat is het voorrecht van vrouwen, maar ik heb ze wel gehoord, dus ik kan erover meepraten. Wees dus niet zo neerbuigend over de mannen in onze familie, Sofia.'

Ze schieten in de lach als Sofia gemaakt onderdanig 'Nee, vader' zegt en zijn bord om het goed te maken nog maar eens volschept.

Tevreden lepelt hij zijn tweede portie op.

'Komt papita vanavond nog thuis?' vraagt Acati aan haar moeder.

Ze schudt haar hoofd.

'Ik ben Sergio tegengekomen. Hij vertelde dat papita pas aan het eind van de week thuiskomt. Ze vissen in de lagune bij Poneloya. De vis bijt goed, dus ze blijven nog even.'

In het donker kruipen de glimwormen te voorschijn en de vuurvliegjes dansen om hun hoofd. Vanuit een luidspreker in een nabijgelegen café klinkt het populaire lied '*Juana la cubana*', dat iedereen kent, omdat het al jaren in de hitparade staat. Ze maken grapjes en genieten van de maaltijd. Aurora denkt aan thuis. Daar zitten haar ouders en broertjes nu ook aan tafel. Mamita zal rijst gekookt hebben en Armando en Leandro zullen zeker sla en radijs uit hun tuin gehaald hebben, hun lievelingsmaaltje, en papita zal vertellen wat hij beleefd heeft.

Aurora zit zo in gedachten verzonken voor zich uit te dromen, dat ze niet merkt dat Sofia haar opneemt.

'Jullie moeten vanavond niet te laat naar bed,' zegt ze. 'Aurora, je hebt een lange tocht achter de rug. Je moet eens goed uitrusten.'

'Ik hoorde van Acati dat de voorvaderen u ook de opdracht gaven om de legendes van ons volk te verzamelen,'

zegt Aurora. 'Kunt u er een paar aan mij vertellen?'
Sofia schudt vastberaden haar hoofd.
'Ik snap je wel,' zegt ze. 'Je wilt naar huis. Je bent al zo lang onderweg, maar ik weet dat het niet de bedoeling van de goden is. Je moet je eigen weg volgen en de legendes zelf ondergaan om de wijsheid en diepte ervan te ervaren. Dan pas ken je de geheime wetten van de indianen en dan pas kun je je kinderen en kleinkinderen gelukkig maken. Jij kunt hun leren hoe ze met het leven dat hun geschonken is zinvol om moeten gaan.'
'Maar ik ben moe,' zegt Aurora. 'Ik ken al een aantal verhalen. Misschien is het wel genoeg.'
'Doorzetten, Aurora. Je bent al goed op weg. Geef je opdracht niet voortijdig op, want dan gaan alle dingen die je mee hebt gemaakt weer verloren.'
'Maar een paar legendes kunt u me toch wel vertellen?'
'Nee nee,' zegt Sofia lachend, 'ik laat me niet verleiden tot dingen die onze voorvaderen afkeuren. Ik moet je iets anders over het leven leren.'
'Wat dan?' vraagt Aurora.
Sofia heeft geen tijd om antwoord te geven. Een jongetje rent hijgend langs hun huis.
'*La Mona*,' roept hij. '*La Mona* is er. Ze heeft vannacht Bisco aangevallen. Hij zit onder de striemen en blauwe plekken.' En verder rent hij om ook andere mensen te waarschuwen.
Sofia staat geschrokken op. Julio zet de tafel en stoelen binnen en Acati helpt haar grootvader, die moeilijk ter been is. Aurora slaat het tafereel verbaasd gade en ziet dat de buren hetzelfde doen. Niemand blijft buiten zitten in de zwoele avondlucht en eenmaal binnen worden de luiken voor de ramen van tralies gesloten en de deur gaat op slot. In de kleine kamer is het aardedonker. Sofia steekt snel een olielamp aan.

'Wie is *La Mona*?' vraagt Aurora.

Sofia legt een vinger tegen haar lippen en fluistert: 'Het is een boze vrouw die zich 's nachts in een harige aap verandert en loopt te spoken. Ze valt onschuldige mensen lastig en heeft het vooral op mannen en jongens voorzien. Ze lokt ruzie uit en slaat en krabt om zich heen. Het is een slechte vrouw, met duivelse streken.'

'Iedereen is bang voor haar,' fluistert Acati, 'daarom doen we de ramen en de deuren dicht, want als ze buiten niemand vindt om pijn te doen, dringt ze de huizen binnen.'

'Mijn beste vriend is een keer door haar aangevallen,' zegt Julio. 'Hij zat onder de krassen en schrammen van haar scherpe nagels en hij kon zeven dagen van angst niet meer praten en kreeg hoge koorts.' Hij huivert. 'Ik hoop dat ik haar nooit tegenkom, want je bent je leven niet zeker.'

De klink van de deur beweegt heftig heen en weer.

Ze houden hun adem in en kijken er verbijsterd naar.

'Zal het *La Mona* zijn?' fluistert Aurora. Haar hart bonst in haar keel.

Even later wordt er gerammeld aan het traliehek van het raam. Sofia springt overeind.

'Dat is Lito, de buurjongen.' Voorzichtig draait Sofia de deur van het slot en door een kier tuurt ze in de duisternis. Het is inderdaad Lito. Hij is groter dan zijn naam doet vermoeden en glipt gauw naar binnen.

'Sofia, mamita heeft weeën. Ze zegt dat het kind vannacht geboren zal worden.'

'Ik ga mee om te kijken hoe ver ze is,' zegt Sofia. Ze slaat een donkere doek om haar schouders en schept uit een pot van bruin aardewerk wat kruiden in een zakje.

'Jullie moeten naar bed,' zegt ze nog snel voor ze achter Lito aan naar buiten glipt in de stille, donkere nacht, waar de mensaap op de loer ligt.

Acati slaapt achter een gordijn op een canvas opklapbed. Er ligt een dunne deken op van aan elkaar genaaide kleurige lappen.

'Aan welke kant wil jij?' vraagt ze aan Aurora. 'Het hoofd- of het voeteneind?'

'Maakt dat wat uit dan?' vraagt Aurora lachend, terwijl ze zich snel uitkleedt en met haar hoofd aan het voeteneinde gaat liggen.

Het gammele bed wiebelt heen en weer als Acati er ook in kruipt. Ze kriebelt Aurora met haar grote teen in haar gezicht en Aurora doet hetzelfde bij haar. Ze krijgen de slappe lach en trekken aan de deken, totdat Julio om een hoek van het gordijn gluurt en vraagt of hij *La Mona* op hen af moet sturen.

Dan zijn ze stil en binnen een paar minuten in slaap.

17

Aurora slaapt heel vast als Sofia haar wekt. 'Kom,' zegt ze. 'De baby van de buren wordt vannacht geboren. Je moet me helpen.'

'Ik?' vraagt Aurora verbaasd.

'Ja, jij. Je moet alles leren over het leven en daar hoort een geboorte ook bij.'

Aurora kleedt zich snel aan. Acati en haar grootvader zijn in diepe rust. Julio opent even zijn ogen, draait zich om in zijn hangmat en zakt weer weg.

In het kleine hutje naast hen ligt Flora, de moeder van Lito, in barensnood te transpireren in bed. Haar man, Sergio, zit op een kruk met een rood hoofd naast haar, slaat af en toe een kruis en dept haar bezwete gezicht met natte doeken. Lito zit in een hoekje met zijn handen in zijn oren om niets te hoeven horen van het gejammer van zijn moeder.

'Lito, ga jij maar in mijn bed slapen,' zegt Sofia. 'Dit zijn geen zaken voor een jongen zoals jij.'

Dat laat Lito zich geen twee keer zeggen. Hij kijkt nog even angstig naar zijn moeder, maar ze knikt hem tussen twee weeën door bemoedigend toe.

'Ga maar,' zegt ze. 'Dan slaap je vannacht goed. Als de baby er is heb ik nog genoeg karweitjes voor je.'

Als Lito weg is ontbloot Sofia de buik van Flora, die strak

gespannen is en glimt bij het licht van de flakkerende kaarsen.

Sergio geeft Sofia een fles rum gemaakt van suikerriet. Ze neemt een paar flinke slokken en breekt in een kom twee eieren, voegt daar bier aan toe en laat dat de kraamvrouw drinken.

'Daar krijgt een vrouw met weeën genoeg kracht en energie van om haar kind naar buiten te persen,' legt ze Aurora uit. 'Hier, neem ook een paar slokken rum. Het wordt een lange nacht.'

Aurora pakt de fles aan. Het zelfgestookte goedje brandt zo in haar keel en slokdarm dat ze moet hoesten en tranen in haar ogen springen.

'Je zult het in je leven nog vaak nodig hebben,' zegt Sofia. 'Het went wel.'

Nadat ze nog een paar slokken genomen heeft, masseert Sofia met olijfolie de buik van de aanstaande moeder. Ze kreunt bij iedere wee.

'Ontspannen, Flora,' zegt Sofia. 'Des te sneller is de ontsluiting groot genoeg om je kind door te laten.'

'Ik wil niet meer!' kreunt Flora. 'Ik wil niet meer! Ik hou ermee op.'

'Niet zeuren,' zegt Sofia kordaat. 'Doorzetten. Als je het kind straks in je armen houdt, ben je alle pijn weer vergeten.'

Ze duwt de fles olijfolie in Aurora's handen.

'Hier,' zegt ze. 'Masseer haar buik, dat geeft verlichting.'

Voorzichtig laat Aurora haar met olijfolie bevochtigde handen over Flora's buik glijden. Van links naar rechts en van boven naar beneden in een steeds terugkerende draaiende beweging.

Flora glimlacht naar haar.

'Dat is goed. De pijn wordt minder.'

Aurora trekt verschrikt haar handen terug als het kind in de baarmoeder een onverwachte beweging maakt.

Sofia lacht.

'Het is een nieuwsgierig kind. Het verlangt naar de wereld.'
Ze pakt Aurora's handen in de hare en legt ze weer op de
buik van Flora.

'Voel maar. Het kind is al klaar om geboren te worden. Het
hoofdje ligt naar beneden, het ruggetje is rond met opgetrokken beentjes en het kindje houdt de handjes voor de
borst. Maar we moeten nog even geduld hebben. Laten we
maar alvast water opzetten.'

Ze zet een pan op het vuur en gaat daarna naast de moeder
op de rand van het bed zitten en neemt nog een slok rum. Ze
biedt Aurora de fles aan, maar die schudt vastberaden haar
hoofd.

Flora kreunt. De weeën komen steeds sneller op elkaar. Ze
ligt warm en bezweet in bed en knijpt de hand van Sergio
zowat fijn. Af en toe gluurt Sofia onder het laken.

'Het is nog niet zover,' zegt ze iedere keer en dan neemt ze
maar weer een slok rum.

Na een paar heftige weeën ziet ze het hoofdje van de baby,
dat bedekt is met een dikke bos zwart haar. Sofia slaat het
laken opzij.

'Goed zo, Flora, persen maar,' zegt ze en ze knikt haar bemoedigend toe. Ze balt haar vuist naar Aurora.

'Zo groot moet de opening zijn om het kind met gemak
door te laten. Onthoud dat, Aurora. Als je een vrouw te
vroeg laat persen, komt het kind met onnodig veel pijn en
moeilijker op de wereld.'

Het is benauwd in de kleine kamer. Aurora's rug is kledder-
nat van spanning. Ze is nog nooit bij een bevalling geweest.
Toen Armando en Leandro geboren werden, moest zij naar
de buren en ze zag haar broertjes pas toen ze schoongewas-
sen bij haar moeder lagen, die straalde van geluk.

112

Flora wordt onrustig, daarom geeft Sofia haar een slok rum.

'Het kan geen kwaad meer voor het kind,' zegt ze geruststellend als ze Aurora's verbaasde gezicht ziet.

Sergio probeert met een doek het zweet van Flora's gezicht te wissen, maar ze duwt hem met een ongeduldig gebaar weg. Dan in drie flinke persweeën is haar kind er.

'Het is een prachtig meisje,' zegt Sofia, die de baby aan de beentjes optilt en een paar tikken op haar billetjes geeft, zodat ze begint te krijsen. De volwassenen lachen opgelucht.

'Daar zit pit in,' zegt Sergio trots. Zijn ogen glinsteren als hij Flora's hand pakt en een kus op haar vochtige voorhoofd drukt.

'Leuk,' zucht ze. 'Nu hebben we een jongen en een meisje.'

Sofia doet Aurora voor hoe ze met haar wijsvinger wat slijm uit het mondje van het meisje haalt.

'Soms huilt de baby niet, dompel het kindje dan afwisselend in koud en in warm water, meestal is dat genoeg om de levensadem op gang te brengen.'

Uit de zak van haar schort haalt Sofia twee touwtjes en een schaar.

'Nu moeten we de navelstreng doorknippen,' zegt ze. 'Let goed op. Ik kan het je maar één keer voordoen.'

Vlak bij de buik van het meisje bindt ze met een touwtje de navelstreng af en ook aan de kant van de moeder.

'Hier,' zegt ze tegen Aurora. 'Knip jij de navelstreng maar door.'

Aarzelend pakt Aurora de schaar aan.

'Gaat het bloeden?' vraagt ze voor de zekerheid.

'Nee. We hebben de navelstreng aan twee kanten afgebonden, maar als je dat zou vergeten, dan bloedt het kind dood en ook het leven van de moeder loopt gevaar.'

Precies tussen de touwtjes knipt Aurora de navelstreng door.

Ze doet het trefzeker, zonder te aarzelen.

'Zo,' zegt Sofia. 'Ze staat nu los van de ouders en kan hun fouten niet herhalen en ze zal hun vervloeking niet met zich meedragen.'

Ze doopt een watje in bijenhoning, voegt een paar druppels olijfolie toe en stopt dit in het mondje van de baby.

'Zo blijft ze zoet tot de voeding van haar moeder op gang is gekomen,' zegt ze. Ze wikkelt het meisje voorzichtig in een doek en legt het in Flora's armen.

'We wachten nog op de nageboorte en dan zal ik jullie eens lekker wassen,' zegt Sofia. Ze wrijft vermoeid een lok haar uit haar gezicht. Buiten is de duisternis niet zo zwart meer. De zon zal gauw boven de horizon verschijnen.

Sofia masseert de buik van Flora, zodat de moederkoek snel loslaat. Ze houdt hem omhoog, om te onderzoeken of er geen stukje in de baarmoeder achter is gebleven.

'Hier heeft het kind in gezeten, veilig beschermd,' legt ze Aurora uit.

Ze geeft de placenta aan de vader om buiten te begraven.

'Hier heb je wat kruiden, Sergio,' zegt Sofia. 'Strooi ze er-overheen, dat brengt je dochter geluk.'

Sofia en Aurora wassen moeder en kind in water vermengd met kamille, citroenblaadjes en uitgeperst limoensap.

'Hoe gaat ze heten?' vraagt Sofia.

'Sergio's vader heeft een jongens- en een meisjesnaam be-dacht, maar hij wilde het ons pas zeggen als het kind gebo-ren is.'

'Ze wordt vast naar je schoonmoeder vernoemd,' zegt So-fia. 'Wij moeders hebben niet veel te vertellen over de naam van ons kind.'

'Ach, mijn schoonmoeder is de kwaadste niet, dus vind ik het wel goed,' zegt Flora lachend.

Als Sofia samen met Sergio het bed verschoont, houdt Aurora de pasgeboren baby in haar armen. Ze kijkt er bewonderend naar.

'Alles zit eraan,' zegt ze. 'Tien vingertjes, tien teentjes, een neusje, een mondje en oogjes die al opengaan, en wat heeft ze veel haar!'

'Ieder pasgeboren mensenkind is een wonder,' zegt Sofia. 'Het was mijn taak om je alles over het begin van het leven te leren, Aurora.'

18

Flora's dochtertje krijgt de naam Blanca. De dag na haar geboorte komt haar grootvader dat plechtig vertellen en haar grootmoeder is heel trots dat haar kleindochter naar haar vernoemd wordt. Ze brengt voor de baby een jasje mee, dat ze gemaakt heeft van een oud T-shirt, en legt onder Flora's hoofdkussen een zakje kruiden om ervoor te zorgen dat ze voldoende melk heeft om haar baby te voeden. Ze zet ook een kan limoensap naast haar en let erop dat ze ieder uur een glas van het zure vocht drinkt.

Iedere dag als Sergio thuiskomt van de visvangst, wordt Blanca in zijn bezwete kleren gewikkeld om haar tegen kwade krachten te beschermen en een kwartier in de zon gelegd. Hoewel het in het straatje waar Flora woont wemelt van de kleine kinderen komt iedereen even kijken naar het pasgeboren meisje, dat zich niet bewust is van alle aandacht en knipoogt tegen het felle zonlicht.

Ze wordt 's morgens na het baden ingesmeerd met koeienvet, zodat ze goed groeit en gezond zal zijn. Haar haartjes zijn lang en krullen in haar halsje. Flora streelt ze. De eerste zeven jaar zal het haar van haar baby niet geknipt worden, omdat de hersenen nog groeien. Pas als het kind naar school gaat worden voor de eerste keer de haren in model geknipt, vooral ook omdat alleen kinderen met kort haar naar school mogen.

Sofia en Aurora zijn druk met de verzorging van moeder en kind. Flora heeft koorts en ligt de hele dag op bed, vaak te ziek om haar kind te voeden. In het nabijgelegen café haalt Aurora een paar keer per dag een zak ijs om op Flora's borsten te leggen. Ze zijn rood en gezwollen als meloenen. Flora begint meestal te jammeren als het tijd is dat Blanca moet drinken en verstopt zich onder het laken.

Maar Sofia trekt het vastbesloten weg en legt het kind aan Flora's borst.

'Moet die kleine verhongeren? Kom, Flora. Je borsten zullen minder pijnlijk zijn als je kind gedronken heeft.'

Ze trekken kruidenthee voor haar, geven haar af en toe een paar flinke slokken rum, zodat ze kan slapen, en smeren zelfgemaakte zalfjes op haar borsten. Ze knapt langzaam op en als ze op een dag met Blanca op schoot voor haar huisje in de zon zit zegt Flora tegen Aurora: 'Onze taak zit erop. Nu redt ze het zelf wel. Nog geen eieren en bruine bonen eten, hoor,' zegt ze tegen Flora. 'Vanavond breng ik je een tortilla met witte kaas.'

Acati heeft haar moeders taak overgenomen, *tortillas* gebakken, ze op straat verkocht en haar grootvader verzorgd. Aurora heeft het de laatste dagen te druk gehad om aan thuis te denken, maar het verlangen begint weer te knagen. 'Ik moet verder,' zegt ze terwijl ze in de schaduw zit te genieten van de gekookte maïskolven die Sofia klaargemaakt heeft.

'Haast je niet,' zegt Sofia. 'Je hebt door de geboorte van Blanca nog geen tijd gehad om de goden van *De Gouden Berg* te begroeten.'

'En ik wil haar nog meenemen naar de lagune. Ze moet schelpen zoeken op het strand,' roept Julio. 'Jullie zijn zo druk geweest met Flora en haar baby.'

'Ik zal je maar niet vertellen hoeveel werk ik aan jou heb gehad toen je nog klein was,' zegt Sofia plagend. 'Je was razendvlug, zat altijd onder de modder. Ook nu nog heb ik van jou het meeste wasgoed.'

Julio gaat gauw op een ander onderwerp over en schept op over de vissen die hij heeft gevangen.

'En in de lagune zitten krokodillen, maar daar ben ik ook niet bang voor,' zegt hij.

'Pas maar op,' waarschuwt Sofia. 'Coto riep ook altijd dat hij niet bang was voor de krokodillen, maar ze hebben wel zijn linkeronderbeen eraf gebeten.'

Aurora huivert.

'Ik weet niet of ik wel met jou in die lagune wil varen,' zegt ze.

'Ach, als je je benen binnenboord houdt, kan er niets gebeuren,' zegt Julio met een zelfverzekerd gezicht.

Ze schrikken op van luid gezang. Een man in een net pak loopt waggelend in hun richting.

'Eduardo,' roept Sofia verschrikt. 'Je moet vanmiddag trouwen. Hoe kun je nou al dronken zijn?'

'Ach, mijn lief,' zingt Eduardo, 'ach, mijn lief. Ze is zo lelijk als de nacht. Als ik dronken ben, trouwt de dominee ons niet.'

Hij neemt nog een slok uit de fles rum en loopt verder, slingerend van rechts naar links.

'Ik ben dronken en gelukkig. Nu trouwt de dominee ons niet, want mijn lief is zo lelijk als de nacht,' roept hij nog eens luid.

Sofia schudt haar hoofd. 'Sommige mannen willen zich niet binden en hobbelen het liefst van de ene naar de andere vrouw, maar zijn lief verwacht al zijn derde kind, dus ik denk niet dat ze het erbij zal laten zitten.'

'Kom, we gaan weer aan de slag,' zegt ze terwijl ze overeind komt. 'Acati, jij neemt Aurora mee naar *De Gouden Berg* en leert haar de rituelen.'

118

Het is niet ver naar de Xochitepetl. Onderweg plukken ze wilde, zoetgeurende jasmijn.

'Gaan we ze aan de voet van de berg leggen?' vraagt Aurora, denkend aan wat de oude man haar vertelde.

'Heel lang geleden kwamen eens per jaar alle Sutiaba die aan de kust woonden bij elkaar om de goden te eren met mooie bloemen. Ze namen een bad in de oceaan, offerden de bloemen en vroegen de goden om alle goede dingen die ze tijdens hun leven zouden willen hebben. De hele berg was dan bedekt met bloemen. Het moet een mooi gezicht geweest zijn. Je kon de bloemen al van verre zien.'

'De hele zuidhelling bedekt met bloemen,' zegt Aurora bewonderend. 'Dat moet een prachtig gezicht geweest zijn.'

'Ik heb het nooit gezien, maar mijn grootmoeder vertelde dat haar grootmoeder als klein meisje ieder jaar met de hele familie naar *De Berg van de Bloemen* ging, waar ze de goden om geluk smeekten.'

'Jammer dat ze het nu niet meer doen,' zegt Aurora. 'Het is toch een prachtige traditie.'

'Ach,' zegt Acati, 'er waren indianen die het hun kinderen en kleinkinderen vergaten te vertellen en daarom gaan ook de legendes verloren. In onze familie zal generatie na generatie het geloof in de traditie en in de legendes blijven bestaan. Alleen als er in de toekomst veel jongens geboren worden, zal het moeilijker worden.'

'Maar het is jouw taak om de legendes die je moeder je vertelde door te geven aan je zonen,' zegt Aurora. 'Dat is ook mijn opdracht.'

'Jongens zijn anders dan meisjes,' zegt Acati zuchtend. 'Je kent Julio. Pas als hij een keer vreselijk schrikt van *La Mona* of van de dwergen, gelooft hij dat ze bestaan en anders beschouwt hij het als vrouwenpraatjes.'

Ze lopen een tijdje zwijgend door, elk verdiept in hun eigen gedachten. De bloemen in hun armen geuren zoet.

'De voorvaderen verwelkomen ons,' zegt Acati, wijzend naar de kleurige vlinders die als bloemblaadjes om hen heen dwarrelen.

Aurora kijkt ernstig. Ze is zich bewust van de belangrijke taak die ze moet vervullen. Ze zal haar bloemen aan de voet van de berg leggen en de goden vragen alle mensen van wie ze houdt geluk en voorspoed te brengen. Papita, mamita, Armando en Leandro in het bijzonder. Maar ze denkt ook aan María Carmen, aan Flora en Blanca en aan alle anderen die ze tijdens haar reis ontmoet heeft.

Terwijl steeds meer vlinders hen begeleiden, sommigen rusten zelfs uit op een bloemkelk of op hun schouder, komen ze aan bij de Grote Oceaan.

'We moeten eerst een bad nemen,' zegt Acati. 'Dan is onze geest helder en zuiver en ons lichaam is rein.'

Ze leggen de bloemen in het zand, kleden zich uit en stappen in het frisse zoute water. Aurora is sprakeloos van zo veel schoonheid. Het zonlicht glinstert op de golven, pelikanen vliegen laag over en zilveren vissen springen op uit het water. De branding ruist zacht. Dan hoort ze in haar hart het lied dat haar ziel al zingt sinds haar geboorte. Een intense ontroering overvalt haar. Zo diep dat ze niet merkt dat de golven om haar heen spoelen en het water langzaam stijgt. De onderstroom trekt haar steeds meer richting oceaan, maar zij luistert alleen naar het wonder in zichzelf.

Als het water tot haar borst komt, pakt Acati haar arm.

'Kom,' zegt ze, 'ik wil niet dat de *sirenen van de zee* je roepen.'

Even later staan ze hijgend op het strand.

Ze trekken snel hun kleren aan en pakken de bloemen. Aurora kijkt nog een keer om. De zee glinstert, maar de betovering is verbroken.

Ze leggen de bloemen aan de voet van de berg, terwijl steeds meer vlinders om hen heen fladderen.

'Wat moeten we nu doen?' vraagt Aurora zacht.

'Vroeger vierden de indianen hier feest. Er werd gegeten, gedronken en gedanst,' zegt Acati, 'maar je mag ook stil blijven zitten met je ogen dicht en kijken naar wat er in je hart gebeurt.'

Aurora sluit haar ogen. Ze hoort het geruis van de branding en het gegons van de bijen en ze ruikt de zoete geur van honing. Een vogel fluit een lieflijk lied, een slangetje ritselt tussen het droge gras. Ze zit onbeweeglijk en luistert, ontspannen in iedere vezel van haar lijf. Dan wordt ze opgenomen in feestgedruis te midden van lachende mensen die zingen, dansen en vrolijk zijn.

19

Aurora zou de hele dag bij de berg willen blijven, maar Acati zegt: 'Kom, je kunt niet uren zitten dromen. Ik moet je nog iets laten zien.'

Aan de voet van de berg liggen grillige rotsblokken, die er door mensenhanden neergelegd zijn.

'Hier brachten de Sutiaba offers,' legt Acati uit. '*De Gouden Berg* en de stand van de zon hebben langgeleden bepaald waar de offerplaats moest zijn. Slechte mensen die zich niet aan de regels hielden werden er vermoord en opgegeten en daarna vierden de Sutiaba feest, omdat de stam van kwaad gezuiverd was. Ze zeggen dat hier ergens de schatten van Adiac begraven zijn, maar niemand weet precies waar.'

'Gelukkig dat ze nu geen mensen meer vermoorden en opeten,' zegt Aurora. Ze wrijft over haar arm, waarop kippenvel verschijnt.

'Het gebeurde langgeleden, hoor, rond 1600,' zegt Acati, om haar gerust te stellen. 'Ze hielden ook rituelen voor de god van de regen, zodat iedereen de oogst op tijd binnen kon halen. Wil je ook de bron nog zien waar een vrouw zich in *La Mona*, de mensaap, verandert?'

'Alleen als ze er niet is,' zegt Aurora.

Acati pakt haar hand.

'Niet bang zijn,' zegt ze. '*La Mona* is er alleen om twaalf uur 's nachts.' Ze wijst naar de vlinders. 'Onze voorvaderen waken over ons. Er kan niets gebeuren.'

De bron ligt verscholen tussen dicht groen struikgewas en eeuwenoude bomen. De grond is drassig en het ruikt muf. Ook hier dansen talrijke kleurige vlinders om hen heen. Hoewel Aurora zich niet helemaal op haar gemak voelt, stelt het gefladder haar gerust.

Ze kijkt voorzichtig over de stenen rand in de bron, maar ze ziet alleen haar eigen gezicht, vervormd door de rimpeling in het water.

'Op een bepaalde tijd van de dag geven de zon, de maan en het water boodschappen door. De Sutiaba kwamen dan hier om raad te vragen.'

'Er groeien bijzondere kruiden,' zegt Aurora terwijl ze om zich heen kijkt.

Ze steekt haar hand in het water.

'Ik heb dorst. Zullen we wat drinken?' vraagt ze.

Acati trekt haar verschrikt terug.

'Niet doen,' zegt ze. 'Je mag niet van dit water drinken, dan verander je in een aap en de kruiden die hier groeien mag je niet plukken, die gebruikt *La Mona* om weer een vrouw te worden. Kom, we gaan.'

Ze wandelen langs het strand terug naar huis. Het zand voelt warm aan en kriebelt tussen hun tenen. Aurora vindt een paar mooie schelpen.

'Die neem ik mee voor mijn broertjes,' zegt ze.

'Als ze die grote tegen hun oor houden, kunnen ze de oceaan horen ruisen,' zegt Acati. 'Dat zullen ze leuk vinden.'

'Ik verlang naar huis,' zegt Aurora. Ze raapt een grote roze schelp op en besluit dat ze die op de terugweg aan María Carmen zal geven. 'Ik ben al zo lang onderweg en jij hebt me al zo veel verhalen verteld. Wat denk je, zou het al genoeg zijn?'

'Vraag dat maar aan mijn moeder,' zegt Acati. 'Zij weet het vast wel.'

Ze zoekt roze, gele en lichtblauwe schelpjes en stopt ze in de zak van haar jurk.

'Daar maak ik poppetjes van om te verkopen op de markt in León,' legt ze uit.

Als ze thuiskomen zit Sofia voor de deur te praten met Flora. Ze heeft haar blouse losgeknoopt en geeft de kleine Blanca de borst. Het kleintje drinkt goed en is al wat aangekomen. Doordat ze iedere dag een kwartiertje in de zon ligt, heeft ze een gezonde blos op haar wangetjes.

'Jullie zijn mooi op tijd terug,' zegt Sofia. 'Wil jij even naar de markt om groenten te kopen, Acati?'

'Waarom kan Julio dat niet doen?' moppert Acati.

'Julio is een boot lenen. Hij wil met Aurora varen op de lagune.'

'Ik wil ook mee,' roept Acati. 'Ik moet altijd de karweitjes doen en Julio alleen de leuke dingen.'

'Je overdrijft,' antwoordt Sofia. 'En bovendien, twee vrouwen aan boord brengen ongeluk.'

'Jij mag wel in mijn plaats gaan, hoor,' zegt Aurora. 'Ik hou niet zo van krokodillen.'

'Ach, nee,' zegt Acati. 'Ik heb al zo vaak op de lagune gevaren. Ga jij maar. Je zult het leuk vinden.'

Na een kwartier komt Julio opgetogen vertellen dat hij een kleine boot van een vriend mag gebruiken.

'In de lagune vliegen bijzondere vogels en voor de krokodillen hoef je heus niet bang te zijn. Ik ben bij je,' zegt hij, terwijl hij een arm om Aurora heen slaat. Samen wandelen ze over het strand naar de oceaan. De boot ligt vast en deint op en neer op de golven.

Onzeker stapt Aurora erin. Er zit bijna geen verf meer op en het bankje is half verrot.

'Kun je zwemmen?' vraagt Julio.

Aurora schudt haar hoofd. 'Ik heb het nooit geleerd. Wij hebben geen zee en het beekje achter ons huis is te ondiep.'

'Ik kan het,' zegt Julio lachend. 'Dus als de boot kapseist, zal ik je redden.'

'Als je dan maar sneller bent dan de krokodillen,' zegt Aurora en voor de zekerheid houdt ze zich stevig vast aan de reling. Ze varen een eindje en zijn al snel bij de ingang van de lagune, een binnenmeer waarvan de kanten dichtbegroeid zijn met bomen, struiken en metershoge mangroven. Julio heeft niet overdreven. Vogels in alle kleuren van de regenboog vliegen voor de boot uit, witte reigers, parkieten, blauwe eksters, pelikanen en flamingo's. Aurora geniet. In het grauwe water van de lagune ziet ze af en toe een staart of kop van een krokodil. Het is een kleine soort en dat stelt haar gerust. Ze durft zelfs haar hand in het water te houden.

'Niet doen,' zegt Julio. 'Ook babykrokodillen hebben scherpe tandjes.'

Aurora lacht om zijn grapje, maar houdt voor de zekerheid haar handen binnenboord.

Midden op de lagune zet Julio de motor van het bootje uit en met een stok duwt hij het verder. De stilte is overweldigend. Het lijkt alsof op dit hete uur de vogels te moe zijn om te fluiten en een schaduwrijk plekje zoeken tussen de mangroven.

'Waar is je net? Ga je niet vissen?' vraagt Aurora verbaasd. Ze wijst naar de kringen in het water op plekken waar veel vis zit.

'Ach, ik vang een andere keer wel wat,' zegt Julio zo nonchalant mogelijk. Aurora heeft hem door.

'Je bent natuurlijk bang dat je alleen kleine visjes zult vangen,' zegt ze plagerig.

'Nee, hoor,' antwoordt Julio verontwaardigd vlak voor een

bocht. 'Wat denk je wel. Ik vang altijd zulke grote vissen.'
Hij spreidt zijn armen om aan te geven hoe groot de vissen
zijn die hij vangt. Op dat moment begint de boot vervaarlijk
te schommelen en er klinkt een hoog, ijl gezang.
Aurora houdt zich stevig vast en heft haar hoofd op om beter te luisteren. Het geluid komt dichterbij.
'Hoor jij dat ook?' vraagt ze aan Julio.
'Wat?'
'Dat gezang. Het klinkt vrolijk en droevig tegelijkertijd.'
Julio kijkt verschrikt om zich heen.
'Dat moet de *sirene* zijn. Het is een vrouw met een vissenstaart. Als je haar tegenkomt, ben je verloren. Ze verleidt
mannen en die komen nooit meer terug, misschien eet ze ze
wel op. Er zijn vissers die in het maanlicht de geesten van
die mannen in de lagune hebben zien zweven.'
Ze glijden langzaam de bocht om, terwijl het gezang aanhoudt. Op de linkeroever op een rotsblok ziet Aurora de *sirene* zitten. Haar blonde haar valt in wilde lokken op haar
schouders en de schubben van haar staart glinsteren in het
zonlicht.
'Daar,' wijst ze verschrikt. Julio kijkt naar de plek die Aurora aanwijst, maar hij schudt zijn hoofd.
'Ik zie niks,' fluistert hij. 'Maar ik hoor haar nu wel.'
Alleen vrouwen zien de legendes, herinnert Aurora zich,
mannen horen ze alleen.
Ze blijven roerloos in de boot zitten. Aurora probeert niet
naar de vissenvrouw te kijken. Wat moet ze doen als Julio
haar gezang niet kan weerstaan?
Hij luistert aandachtig en kijkt alsof hij droomt. Dan pakt
hij de stok waarmee hij de boot op de bodem afzette en
vaart in de richting van het geluid.
'Nee, niet doen!' roept Aurora. 'Niet doen, Julio. Laat je
niet verleiden. We moeten naar huis. Straks krijgt ze je te

pakken en geen mens weet wat er dan met je gebeurt.'

Julio luistert niet en duwt de boot verder in de richting van de *sirene*, die op het rotsblok verleidelijk naar hem kijkt en haar ijle lied zingt.

'Zijn we er al bijna?' vraagt hij. Hij hoort alleen het zachte gezang. Hij ziet de wellust niet waarmee ze naar hem kijkt. Hij ziet haar gladde koude vissenlijf niet, dat een man nooit kan bekoren, als hij haar zou zien.

In een reflex trekt Aurora aan het koord om de motor te starten.

'Wat doe je?' roept Julio. 'Wat doe je? Ik wil naar die vrouw die zo mooi kan zingen. Ze roept me.'

Aurora geeft geen antwoord en na een paar pogingen slaat de motor aan. Ze geeft een wilde ruk aan het roer, keert de boot en vaart zo snel ze kan weg van de *sirene*.

Ze stopt pas als ze het gezang van de *sirene* niet meer kan horen. Julio kijkt verbaasd om zich heen.

'Wat is er gebeurd? Ben ik in slaap gevallen?' vraagt hij. 'Ik heb zo mooi gedroomd.'

Aurora schudt haar hoofd en tuurt in het donkere water. Ze ziet dampen opstijgen die rond hun boot kronkelen en veranderen in doorzichtige gedaanten schreeuwend om hulp.

Maar Julio ziet ze niet.

20

'Wat is er met jullie gebeurd?' vraagt Sofia, terwijl ze met Aurora voor het huisje zit en Julio de boot terugbrengt naar de eigenaar.

'We hebben een *sirene* gezien. Ik bedoel, ik heb haar gezien en Julio heeft haar gehoord. Het scheelde niet veel of ik was zonder hem thuisgekomen.'

Ze vertelt hoe ze snel de motor van het bootje had gestart en weggevaren was, voordat Julio betoverd was.

'Ik ben blij dat je hem hebt gered,' zegt Sofia terwijl ze een arm om Aurora heen slaat. 'Voorlopig mag hij niet in de lagune vissen, want die *sirene* zal zeker proberen hem nog eens te lokken.'

Sofia schenkt limoensap in felgekleurde plastic bekers. Het is gekoeld met citroenijsblokjes die ze in het café gehaald heeft.

'Hier, kind, drink,' zegt ze. 'Je ziet er zo angstig en bezweet uit. Ga zo maar eens lekker onder de douche.'

'Hebben jullie die?' vraagt Aurora verbaasd.

Sofia neemt haar mee naar het eind van de tuin en laat haar hun douche zien.

Ze heeft een tuinslang vastgemaakt aan de stam van een boom en daaromheen een plastic zeil bevestigd.

'Als iemand zich wil douchen, sluit ik de slang aan op de kraan die in de straat voor ons huis staat,' legt Sofia uit. Ze

geeft Aurora een schone handdoek en een blok groene zeep.
'Ik ga de kraan openzetten, kleed je maar vast uit.'
Aurora geniet. Het water is heerlijk koel. Sofia heeft schone kleren van Acati voor haar klaargelegd. Nadat Aurora zich gewassen heeft, voelt ze zich herboren.

Ze eten die avond buiten en blijven uren voor het huisje zitten om te genieten van het eeuwige geruis van de oceaan en van de heldere sterren die een wedstrijd fonkelen houden aan de donkere avondhemel.

Die nacht droomt Aurora over María Carmen. Ze wenkt haar en strekt haar armen uit.

Verward wordt Aurora wakker. Het was een droom met een betekenis. Ze moet naar María Carmen, ze heeft haar nodig, dat weet ze zeker.

Ze vertelt Sofia van haar droom.

'María Carmen heeft vast een belangrijke boodschap voor je,' zegt ze. 'Acati heeft je alles over *De Gouden Berg* verteld. Ik leerde je de dingen die je moet doen bij het begin van een nieuw leven. Ga, Aurora. Ik zal je missen.'

Aurora besluit nog diezelfde dag te vertrekken met in haar tas een plastic zakje limoenlimonade, stukjes gedroogd geitenvlees en een mango.

Ze neemt afscheid van de familie die haar zo liefdevol opgevangen heeft en ook van Flora en ze knuffelt de kleine Blanca, die al eigenwijs om zich heen kijkt, Aurora's vinger pakt en er met haar kleine knuistje in knijpt.

'Ze wordt sterk,' zegt Aurora lachend.

'Jij bent ook sterk,' zegt Sofia ernstig. 'Je weet al heel veel over de wetten en het leven van de indianen. Maar het allerlaatste in een mensenleven ken je nog niet. Wees blij met je innerlijke kracht, die heb je nodig om ook dat te kunnen doorgronden.'

Aurora knikt, maar doordat iedereen bij het afscheid vrolijk is, dringen Sofia's woorden niet tot haar door.

De oude grootvader drukt haar hand en kijkt haar met zijn doordringende ogen vriendelijk aan.

'Een goed leven, Aurora. Ik wens je veel geluk,' zegt hij.

Aurora drukt een kus op zijn gerimpelde gezicht.

'Zo,' zegt hij en hij legt zijn hand op zijn wang. 'Krijg ik op mijn oude dag nog een zoen van een mooi meisje.'

'Hij doet net alsof hij in zijn leven veel aandacht van vrouwen te kort is gekomen. Nou, ik kan je verzekeren dat hij zijn portie wel gehad heeft,' zegt Sofia lachend.

Ze rolt wat tabaksbladeren in een krant.

'Als je *De oude man uit de bergen* tegenkomt, geef dit dan aan hem en doe hem de groeten van Sofia.'

'Kent u hem?' vraagt Aurora verbaasd.

'Natuurlijk,' zegt Sofia, alsof het de gewoonste zaak van de wereld is. 'Toen ik zo oud was als jij heb ik veel van hem geleerd.'

Op het laatste moment besluiten Julio en Acati Aurora naar León te brengen.

'Dan weten we zeker dat ze veilig aankomt,' zegt Acati. Sofia vindt het een goed idee.

'Ik zal jullie tegen de dwergen beschermen,' zegt Julio spottend.

'Als je ze tegenkomt, zal het lachen je wel vergaan,' zegt Acati en ze geeft haar broer een speels stompje in zijn zij.

Onderweg is Aurora voortdurend op haar hoede. Zij weet hoe gemeen de dwergen kunnen zijn. Ze tuurt naar de toppen van de bergen, maar de oude man is er niet. Na een paar uur lopen rusten ze bij een beekje even uit en eten wat gedroogd geitenvlees terwijl ze hun voeten laten bungelen in het koele water.

'Jammer dat je verder moet. Ik zal je missen,' zegt Acati.

'Ik ook,' zegt Julio en hij krijgt zo'n rood hoofd, dat Aurora in de lach schiet.

130

'Je bent verliefd, Julio,' plaagt Acati. 'Je bent verliefd voor de eerste keer in je leven.'

'Nou en,' zegt hij, terwijl hij zijn handen voor zijn gezicht houdt. 'Jammer dat je zo ver weg woont, Aurora. Maar ik kom je zeker eens opzoeken.'

Aurora lacht verlegen. Ze mag Julio graag. Ze heeft gemerkt dat hij maar een heel klein hartje heeft.

Ze plukken wat bessen.

Als Aurora al een hand vol heeft, schrikt ze op door het gekraak van een tak. Ze draait zich snel om en haalt opgelucht adem als ze *De oude man uit de bergen* ziet. Hij lacht naar haar. Ze loopt naar hem toe, maar ineens is hij verdwenen. Acati en Julio hebben niets in de gaten, maar als ze weer verder gaan, ziet Aurora dat de krant met tabak is verdwenen. Ze glimlacht in zichzelf. Hij wist dat ze langs zou komen!

De heuvels zijn onherbergzaam, met ruige rotsblokken, smalle paadjes, langs hellingen die begroeid zijn met verschillende soorten kruiden. Aurora zou ze willen plukken om te drogen voor mamita, maar de zon zakt al, de schaduwen worden langer en in de hitte dansen hinderlijk prikkende muskieten om hen heen.

'Jullie zijn nooit voor donker thuis,' zegt ze tegen Acati en Julio.

'Oei, oei, dan komen de dwergen,' zegt Julio en hij trekt een angstig gezicht.

'De dwergen gaan 's morgens vroeg op zoek naar verdwaalde kinderen, dus we hoeven niet bang te zijn,' zegt Acati, 'bovendien heb ik van mamita geld gekregen. We gaan terug met de bus. Ze wil niet dat we in het donker door de bergen lopen.'

Aan de rand van de stad wachten ze op de bus. Na een kwartier komt hij aangehobbeld over de slecht geasfalteerde weg. Zand stuift op en prikt in hun ogen en neus. Na een laatste omarming klimmen Acati en Julio erin. Ze klauteren over een mand met kippen heen, zoeken een plaatsje en hangen uit het raam, terwijl kwastjes in alle kleuren van de regenboog boven hun hoofd heen en weer schommelen als vrolijk dansende spinnetjes. Ze blijven zwaaien totdat de bus een hoek omgaat en ze Aurora niet meer kunnen zien.

Aurora geniet ervan om weer in León te zijn. Ze kent er nu de weg. De mannen praten nog steeds over politiek onder de met vuurrode bloemen bloeiende malinche die midden op het plein voor de kathedraal staat. De schoenpoetsers werken zich in het zweet bij het postkantoor en de vrouwen verkopen op de markt hun laatste groenten en fruit of doen boodschappen met jengelende kinderen achter zich aan. Aurora gaat op zoek naar María Carmen, maar op haar vaste plek staat nu een vrouw die T-shirts verkoopt en met rauwe stem de aandacht van klanten probeert te trekken.

'Wil je een T-shirt kopen, liefje?' roept ze naar Aurora.

Ze schudt haar hoofd.

'Ik zoek María Carmen. Hier staat zij toch altijd?'

'María Carmen is ziek, weet je dat dan niet?' vraagt de vrouw. 'Ze is al heel lang niet op de markt geweest.'

Aurora koopt een ananas en loopt zo snel ze kan naar de straat waar María Carmen woont. Vlak bij haar huisje rent Marisol haar tegemoet en pakt haar hand.

'Kom,' zegt ze. 'María Carmen is heel erg ziek. Ze wacht op je.'

Op haar bed van stro ligt María Carmen onder een ruwe deken in de tuin. Haar ogen zijn gesloten. Haar wimpers steken donker af tegen haar magere, ingevallen wangen, waaruit alle kleur is verdwenen. Haar ademhaling gaat met horten en stoten. Paquita, haar buurvrouw, wuift haar met een waaier van gevlochten palmbladeren koelte toe.

Aurora houdt verschrikt een hand voor haar mond.

'De goden roepen haar,' fluistert Paquita. 'Het zal niet lang meer duren, dan is ze niet meer bij ons. Ik heb haar hier gelegd in de schaduw van de sinaasappelboom. Ze hield zo van haar tuin.'

Aurora knielt naast María Carmen en streelt zacht haar grijze haar.

'Is ze bewusteloos?' vraagt ze.

Paquita schudt haar hoofd.

'Ze heeft de laatste nachten slecht geslapen en was uitgeput. Ik heb de bladeren van de doornappel fijngehakt en er thee van getrokken. Ze heeft wat gedronken en toen is ze eindelijk in slaap gevallen.'

Ze zitten een tijdje zwijgend naast de zieke. Aurora streelt zacht haar hand. Het doet pijn haar zo te zien.

'De dood lag al een tijdje op de loer,' fluistert Paquita. 'Ze heeft me verteld dat hij 's nachts om haar heen sloop en op de deur bonsde. Ze schreeuwde zo hard ze kon om hem weg te jagen, omdat ze in het leven nog dingen moest regelen en haar ziel niet klaar was voor de grote reis.'

Dan opent María Carmen haar ogen. Ze lichten op als ze Aurora aankijkt.

'Je hebt dingen gezien die voor de meeste mensen verborgen blijven,' fluistert María Carmen bijna onverstaanbaar. 'Ik ben trots op je.'

Ze heeft haar linkerhand tot een vuist gebald. Voorzichtig opent ze hem. Het schelpje met Aurora's geboortenageltjes en babyhaar ligt als een kostbaar kleinood in de palm van haar hand. Het glinstert als nooit tevoren.

María Carmen likt langs haar droge lippen en geeft aan dat ze nog iets wil zeggen. Aurora buigt zich over haar heen en houdt haar oor vlak bij haar mond.

'Je hebt hem hier in de tuin verloren toen je me hielp met

plukken, maar ik heb hem voor je bewaard. Ik wist dat je terug zou komen,' fluistert ze zwak. Aurora knikt ten teken dat ze het verstaan heeft.

'Doe hem maar om,' zegt Paquita zacht. 'Ze maakte zich zorgen om je. Ze was bang dat je het zonder amulet niet zou redden.'

Voorzichtig pakt Aurora de amulet en knoopt hem om haar hals. Ze legt een extra knoop in het bandje, zodat ze het schelpje nooit meer zal verliezen. Zo gauw ze hem om heeft, begint de amulet op haar huid te gloeien. Het roze van de schelp verandert van kleur, wordt intenser en warmer.

Een overweldigende energie stroomt door haar hele lijf, zo krachtig en sterk als ze nooit eerder heeft ervaren. Op hetzelfde moment zucht María Carmen diep, en nog eens. Dan sluit ze voorgoed haar ogen. Een tevreden glimlach speelt rond haar mond.

21

Aurora is verdrietig en blij tegelijkertijd. Blij omdat ze nog afscheid van María Carmen heeft kunnen nemen en verdrietig omdat ze haar niets over haar reis heeft kunnen vertellen.

'Ach, maak je daar geen zorgen over,' zegt Paquita. 'Iedere avond vlak voor de zon onderging zat ze in de tuin te dromen en daarna kwam ze bij me en vertelde me wat jij had beleefd.'

Het verbaast Aurora niets. Bij María Carmen was alles mogelijk.

'Wil je me helpen om haar klaar te maken voor haar laatste reis?' vraagt Paquita.

'Wat moet ik doen?' vraagt Aurora onzeker.

'We moeten haar eerst wassen en schone kleren aantrekken. En als ze er mooi bij ligt, moeten we bij haar waken en muziek draaien. We moeten ook hapjes maken voor alle mensen die voor haar komen bidden.'

'Zal ik water koken?' vraagt Aurora.

'Dat hoeft niet,' zegt Paquita. 'Met koud water gaat het ook.'

'Maar ze waste zich altijd met warm water. Haar botten deden pijn. Ze kon niet tegen kou. Ze had ook een hekel aan de regentijd,' protesteert Aurora.

'Ze voelt...' begint Paquita, maar als ze Aurora's gezicht ziet, geeft ze haar de ketel om bij de kraan verderop in de straat te vullen en pookt ze in het vuur.

Ze praten niet als ze liefdevol María Carmens lichaam wassen en insmeren met citroensap. Ze trekken haar schone kleren aan, kammen haar dunne haar en leggen haar broze handen gevouwen op haar borst. Paquita bindt een doek rond haar gezicht, zodat het lijkt alsof ze kiespijn heeft.

'Waarom doe je dat?' fluistert Aurora.

'Als we die doek niet om haar gezicht binden, valt haar mond open en die krijgen we niet meer dicht, omdat een dood lichaam stijf wordt,' zegt Paquita, ' en ik wil dat ze er mooi uitziet als iedereen haar voor de laatste keer komt groeten.'

Aurora huivert. Alles is kil en koud. Ze zou het liefst willen huilen, maar Paquita stuurt haar erop uit om bij Rico de timmerman een kist te bestellen en een cassetteradio met een bandje met muziek van Mahler te lenen.

Achter zijn werkplaats heeft Rico een voorraad doodskisten staan. Hij schrikt als hij hoort dat María Carmen dood is.

'Toen ik klein was gaf ze me een hamer, een zaag, een beitel en een doos spijkers. "Ga daar maar mooie dingen mee maken," zei ze.'

Hij wrijft over zijn ogen.

'In het begin was ik heel onzeker. Ik liet ieder gammel tafeltje, ieder speelgoedautootje dat ik gemaakt had aan María Carmen zien. Ze prees me en moedigde me aan en nu ben ik een volleerd timmerman en verdien ik genoeg om straks te kunnen zorgen voor een vrouw en kinderen, want er gaat altijd wel iemand dood en er is altijd wel iemand die een tafel of stoel nodig heeft.'

Hij kijkt Aurora verlegen aan.

'Ik zal een mooie kist voor haar uitzoeken,' zegt hij.

Als ze terugkomt is de kist al bezorgd en María Carmen ligt erin met haar hoofd op een rood zijden kussen.

'Rood is de kleur van de liefde,' zegt Paquita. 'Ze heeft in haar leven zoveel gegeven. Die kleur past bij haar.'

Het lijkt alsof María Carmen slaapt, rustig en ontspannen. Paquita heeft aan het hoofdeinde van de kist twee branden-de kaarsen gezet. In het zachtgele licht ziet de dode eruit als een engel.

Paquita en Aurora krijgen hulp van andere buurvrouwen. Ze maken kleine hapjes, bakken bananen, smeren broodjes en halen een fles rietsuikerrum voor de mannen.

Buiten op straat galmt uit de cassetteradio de droevige mu-ziek van Mahler. Er blijven steeds meer mensen staan om te luisteren.

'Ach, is María Carmen dood?' fluisteren ze zacht.

'Ze was een goede vrouw.'

'Ze stond altijd klaar voor een ander.'

Sommige mensen krijgen tranen in hun ogen, omdat ze zich door de muziek verdrietige dingen herinneren.

Vrouwen slepen krukken aan en gaan naast de kist zitten. Sommigen aaien zacht over María Carmens gezicht en hui-len. Anderen durven haar bijna niet aan te kijken, maar al-lemaal laten ze zich de hapjes goed smaken. Ze slaan een kruis en bidden voor de zielenrust van de dode. Ze praten over sterfgevallen in de familie, in de straat en in de stad.

Als ze over de meest vreselijke ziekten beginnen, gaat Auro-ra naar buiten, waar de mannen zitten te kaarten en om beurten een slok rum uit de fles nemen.

Vlakbij staan Marisol en Rosario. Ze vechten dapper tegen hun tranen, maar als ze Aurora zien, laten ze ze de vrije loop.

'Wie zal ons eten geven?' vraagt Rosario met verstikte stem.

'Nu zal ze de zee nooit horen ruisen,' zegt Marisol. 'Ze had ons beloofd dat we er met zijn drietjes een keer naartoe zouden gaan.'

Het herinnert Aurora aan de grote schelp die ze op het strand voor María Carmen had gevonden. Ze pakt Marisol en Rosaria bij de hand en brengt hen naar María Carmens huis. Schoorvoetend gaan ze naar binnen. Aurora's tas ligt in een hoek. Ze pakt er de grote roze schelp uit en houdt hem tegen Rosario's oor. Zijn ogen beginnen te glanzen.

'Ik hoor het,' zegt hij verbaasd. 'De zee ruist!'

Hij geeft de schelp aan Marisol. Ook zij luistert aandachtig.

'Kon María Carmen het nog maar horen,' zegt ze zacht.

Aurora legt een arm om de schouders van de twee kinderen en leidt hen naar het dode lichaam van María Carmen. Voorzichtig legt ze de schelp naast María Carmens hoofd.

'Nu neemt ze hem mee in haar graf,' zegt ze zacht. 'Dan kan ze tot in de eeuwigheid de zee horen ruisen.'

Marisol en Rosario knikken opgelucht. Ze werpen kort een blik op María Carmen.

'Weet je zeker dat ze niet slaapt?' vraagt Marisol.

'Ze is dood,' zegt Aurora. 'Ze heeft geen pijn hoeven lijden. Ze is nu gelukkig. Kijk maar naar haar glimlach.'

Er zijn nog wat hapjes over en die geeft ze aan de kinderen, dan brengt ze hen naar huis, een hutje met een scheefgezakt dak van golfplaten en een verwaarloosde tuin rondom.

Ze heeft met Marisol en Rosario te doen. María Carmen zorgde voor wat zonneschijn in hun leven. Hoe moeten ze nu opgroeien?

Ze denkt aan de gouden munt die María Carmen haar had gegeven. Ze aarzelt, zal ze hem aan Marisol geven, zodat haar moeder voorlopig eten genoeg kan kopen? Maar misschien gaat ze dan net als Paquita met de taxi naar de markt, om zich achteraf net zo ongelukkig te voelen, omdat het geld zo snel op gaat.

Een schelle vrouwenstem roept de kinderen naar binnen. Ze verdwijnen in het huisje. Ze krijgen op hun kop, omdat ze in het donker nog buiten liepen.

Aurora gaat snel terug naar María Carmens huis. Ze zou nu niet graag de rammelende bottenkar tegenkomen. Niemand zou haar nu beschermen. Niemand zou zeggen dat ze zich vlug moest verstoppen. Zo snel haar voeten haar kunnen dragen, rent ze terug. Paquita zit met een vriendin naast het dode lichaam van María Carmen. Ze prevelen gebeden en slaan een kruis.

'We moeten vannacht over haar waken en in liefde aan haar denken,' zegt Paquita. 'Dan vindt haar ziel rust en zal hij sneller naar de hemel gaan.'

Aurora knikt. Het liefst zou ze willen slapen, maar ze begrijpt dat waken over de dode belangrijk is. Ze gaat naast Paquita zitten en vecht tegen de slaap. Als Paquita ziet dat ze haar ogen bijna niet meer open kan houden, brengt ze haar naar het bed van stro onder de sinaasappelboom. Ze trekt de ruwe deken over Aurora's schouders.

'Ga maar slapen, liefje. Je bent nog jong en je moest vandaag zoveel verwerken.'

De deken ruikt troostend naar María Carmen, naar de geur van bloemen, die altijd om haar hing. Naar fris citroensap en naar nog iets anders, een zware, donkere geur, die Aurora niet thuis kan brengen, maar die ze eerder geroken heeft. Lang, heel lang geleden, toen haar grootmoeder stierf en zij nog maar een klein meisje was. Het is de geur van de dood, maar dat beseft ze niet.

Aurora luistert naar de geluiden van de nachtvogels die boven haar hoofd ritselen tussen de bladeren. Ze zoekt haar speciale ster die schittert aan de heldere hemel en volgt de baan van een serie vallende sterren. Het verschijnsel verbaast haar. Ze weet niet dat ze een wens mag doen, want anders had ze dat zeker gedaan.

Ze dommelt weg en droomt over María Carmen, die tegenover haar zit en haar verhalen vertelt over langgeleden, toen de Spanjaarden het land veroverden en de Sutiaba verdreven van hun geboortegrond en hun goud stalen, waardoor ze in armoede moesten leven. Ze legt haar de werking van geneeskrachtige kruiden uit en ze vertelt haar waar ze groeien en hoe ze ze moet verwerken tot drankjes en poeders, om zieke mensen beter te maken.

Aurora hoort María Carmens stem in haar hart en dat maakt haar zo gelukkig, dat ze lacht in haar slaap.

'Je weet nu alles over het leven en de dood, Aurora,' zegt de stem. 'Je weet alles over de legendes van je volk en je begrijpt de betekenis. Blijf nog negen dagen in León om voor mij te rouwen. Dan heb je nog tijd om iets te bedenken voor Marisol en Rosario. Ga dan naar huis, Aurora. Je moeder wacht op je.'

De volgende morgen wordt Aurora gewekt bij de eerste zonnestralen, door een sinaasappel die vlak naast haar hoofd op de grond valt. Ze pakt hem, ruikt eraan en bekijkt hem dromerig aan alle kanten. Tegelijkertijd ontstaat in haar hoofd een plan om Marisol en Rosario te helpen.

22

Diezelfde morgen, na een korte plechtigheid, dragen mannen uit de straat de ruwhouten kist waarin María Carmen ligt, de straat uit, langs de kerk, het plein over, door het centrum en dan de lange weg af naar de rand van de stad, naar het kerkhof in Guadalupe. Paquita, Aurora, Marisol en Rosario lopen achter de kist, net als alle anderen die van María Carmen hebben gehouden. Mensen langs de kant van de weg blijven staan, slaan een kruis, mompelen: 'Ach, die arme María Carmen', sluiten zich bij de stoet aan of gaan door met wat ze aan het doen waren. Op het kerkhof heeft een grote groep mensen zich rond het pas gedolven graf verzameld. Mensen die zomaar weggelopen zijn van hun werk. Vrouwen hebben manden fruit bij zich, mannen gereedschap. Ze fluisteren zacht, maar zwijgen als de stoet met de kist nadert.

De meeste vrouwen huilen als de kist langzaam zakt. De mannen proberen zich te beheersen, maar sommigen die María Carmen al hun hele leven kennen en veel aan haar te danken hebben, grijpen naar een zakdoek of drogen hun ogen aan de mouw van hun overhemd. Aurora slaat een arm om Marisol en Rosario heen. Marisol huilt niet, maar Rosario laat zijn tranen de vrije loop en wrijft voortdurend in zijn ogen, zodat zijn wangen net zo zwart wor-

den als de aarde waarin María Carmens lichaam lang-
zaam verdwijnt.
Na afloop gaan ze naar huis. De vrouwen zwermen als ijve-
rige mieren uit over de markt. De mannen draaien een siga-
ret, geven elkaar het peukje door en zuchten.
'De tijd gaat snel,' mompelen ze.
'Voor je het weet liggen wij ook in ons graf.'
'En dan is iedereen ons zo vergeten.'
'Maar María Carmen was bijzonder.'
'We zullen altijd aan haar blijven denken.'
Rico staat bij de ingang van het kerkhof zijn neus te snuiten
in een grote witte zakdoek en hij wrijft over zijn betraande
ogen. Aurora trekt hem aan zijn mouw.
'Wil je iets voor me doen?' vraagt ze.
'Natuurlijk! Je denkt toch niet dat ik zo'n mooi meisje wat
weigeren kan?' zegt hij, terwijl hij zijn wangen droogwrijft
aan de mouw van zijn blouse.
Aurora vertelt hem van het plan dat ze voor Marisol en Rosario bedacht heeft.
'De sinaasappelboom in de tuin van María Carmen zit vol
vruchten. De kinderen kunnen ze plukken en verkopen op
de markt, dan hebben ze iedere dag genoeg geld om eten te
kopen.'
'Een goed idee,' zegt Rico, 'dat zou María Carmen ook vinden. Maar hoe krijgen ze het fruit op de markt?'
'Daarom kom ik bij jou,' zegt Aurora. 'Zou je de kar van
María Carmen kleiner kunnen maken, zodat de kinderen
ermee overweg kunnen? Die grote kar krijgen ze nooit alleen van zijn plaats.'
Rico aarzelt niet. Hij loopt met hen mee naar huis, haalt de
kar uit de tuin en neemt hem mee naar zijn werkplaats.
'Kom hem aan het eind van de middag maar halen,' roept
hij Aurora na.

Aurora vertelt Marisol en Rosario van haar plan. Rosario is meteen enthousiast, maar Marisol aarzelt.

'Zal María Carmen het wel goed vinden?'

'Natuurlijk,' antwoordt Aurora, 'dat weet ik zeker. We kunnen de sinaasappelen toch niet laten verrotten aan de boom? Dat zou zonde zijn. We kunnen er heel veel mensen een plezier mee doen.'

Als de zon begint te zakken gaan ze met zijn drieën naar Rico. Rosario rent ongeduldig vooruit. De kar is klaar en staat buiten tegen de muur van de werkplaats. Rico komt glunderend naar buiten als hij de opgewonden kreten van Rosario hoort.

'Nou,' zegt hij. 'Wat vinden jullie ervan?'

'Heel mooi!' roepen ze in koor terwijl ze de kar bewonderen.

Hij is kleiner, de wielen zijn met een ijzeren band verstevigd en Rico heeft aan de voorkant een dwarsbalk gemaakt, zodat Marisol en Rosario de kar daaraan voort kunnen trekken. Met sierlijke rode letters is op de zijkant van de kar 'Koop María Carmens sinaasappelen, sappig en gezond' geschilderd.

'Laten we ze meteen gaan plukken,' zegt Rosario. Hij kruipt achter de dwarsbalk en voor de anderen er erg in hebben, rolt hij de kar de weg af naar María Carmens tuin.

Aurora, Marisol en Rico rennen er op een sukkeldrafje achteraan.

In de tuin zet Rosario de trap tegen de boom. Hij wil er al op klimmen, maar Rico houdt hem tegen.

'Wacht even,' zegt hij. 'Wat ziet die trap er gammel uit. Daar moet ik eerst wat aan doen.'

Uit zijn leren voorschoot haalt hij gereedschap. Hij timmert spijkers in loszittende treden en zaagt een stukje van de onderkant, zodat de trap niet meer wiebelt en recht staat.

'Ziezo,' zegt hij. 'Klim nu maar naar boven. Nog een wonder dat María Carmen er nooit vanaf is gevallen. Ze had wel een been kunnen breken.'

Als de mand vol is tillen ze hem in de kar.

'Morgen gaan we vroeg op pad,' zegt Aurora. 'Zorg dus dat jullie voor zonsopgang hier zijn.'

Ze lessen hun dorst bij de kraan aan het eind van de straat en Paquita brengt hun elk een schaaltje rijst. Ze kijkt verbaasd naar María Carmens kar.

'Is hij gekrompen?' vraagt ze.

Aurora, Marisol en Rosario schieten in de lach.

'We hebben hem een nachtje in de Río Chiquito laten weken,' zegt Rosario, 'en toen we hem er weer uit haalden, was hij zo.'

Paquita lacht schaapachtig omdat ze beseft dat ze een domme vraag heeft gesteld.

'Schaam jullie,' zegt ze, 'lachen in het huis van een dode die nog niet eens vierentwintig uur onder de grond ligt. We moeten voor haar bidden.'

De kinderen vouwen hun handen en buigen eerbiedig hun hoofd. Aurora tuurt tussen haar wimpers door naar Paquita, maar ze maakt geen aanstalten om hardop een gebed te zeggen.

Alleen haar lippen prevelen wat. Op haar voorhoofd ligt een frons, alsof ze diep na moet denken over de dingen die ze zegt. Marisol en Rosario kijken afwachtend naar Aurora.

'Lieve God,' begint ze dan maar, terwijl ze een kruis slaat. 'Wilt u waken over de ziel van María Carmen? Wij houden zoveel van haar en we willen niet dat ze tussen de sterren verdwaalt. We denken wel dat ze het goed vindt, maar wilt u voor de zekerheid, als ze bij de hemelpoort staat, aan haar vragen of wij haar sinaasappelen mogen verkopen?'

'Amen,' zegt ze zacht aan het eind van het gebed.

'Amen,' herhalen Marisol en Rosario.

'Was ze maar even hier, hè,' zucht Marisol.

'Ja,' zegt Rosario, 'dan kon ze zien hoe mooi haar kar was geworden.'

Ook Paquita is klaar met haar gebed. Er stromen tranen over haar wangen.

'Het was een goed mens,' stamelt ze. 'Ik mis haar heel erg.'

Aurora stuurt Marisol en Rosario naar huis voor het donker is.

Ze sputteren tegen.

'Niet zeuren,' zegt ze kordaat. 'Als jullie te laat thuis zijn, krijgen jullie op je kop en morgen is het vroeg dag. Er staan veel vrouwen op de markt met fruit, maar iedereen moet weten dat de sinaasappelen van María Carmen nu door jullie verkocht worden.'

Als ook Paquita naar huis is, brandt Aurora een kaars voor María Carmen. Ze blijft kijken naar het dansende vlammetje dat beelden vormt en haar een verhaal vertelt. Het gaat over een meisje dat door haar voorvaderen op pad wordt gestuurd. Ze krijgt een opdracht en moet alles te weten komen over de legendes van haar volk en alles ervaren over het begin en het einde van een mensenleven, alle pijn, verdriet, angst, tegenspoed, ontberingen, maar ook de vreugde, blijdschap en geluk.

Het duurt even, maar dan dringt tot Aurora door dat zij dat meisje is waarover het licht in de vlam vertelt. Ze beseft dat ze rijker en wijzer is geworden, maar dat het leven ook pijn doet, omdat er een zon en een maan zijn, een dag en een nacht en dat het goede en het kwade een mens voortdurend in zijn greep houden.

23

'**K**oop hier de sinaasappelen van María Carmen! Zoet, sappig en gezond!' schalt Rosario's stem over de markt.

Ze staan er nog maar een uur, maar de mand is al half leeg. De zaken gaan goed.

'Heeft María Carmen ze zelf nog geplukt?' vragen de klanten.

'Is het waar dat ze onder haar sinaasappelboom is gestorven?'

'Ze zeggen dat haar ziel toen hij haar lichaam verliet in de boom is gaan wonen. Zijn daarom deze vruchten zo bijzonder?'

'Staan jullie hier morgen weer?'

Aurora probeert iedereen zo goed mogelijk te helpen.

'Luister naar mijn antwoorden,' zegt ze tegen Marisol en Rosario. 'In de toekomst zullen mensen dezelfde vragen stellen en jullie moeten steeds hetzelfde antwoord geven. Dan blijven de vruchten van María Carmen bijzonder en wil iedereen ze voor zijn kinderen kopen.'

'Zouden ze keelpijn sneller kunnen genezen?' vraagt een vrouw met een peuter op haar arm. Het jongetje hoest en ziet er koortsig uit.

De vrouw wil twee sinaasappelen, maar Aurora stopt er vier in een zak.

'Uw kind is te klein om de partjes door te slikken, pers de vruchten uit en geef hem driemaal daags een bekertje van het sap te drinken. Trek thee van kamille, giet dat in een kom en zet uw kind daarboven, doe een doek om zijn hoofdje en laat hem de kamilledampen inademen. U zult zien dat het na een paar dagen beter met hem gaat.'

De vrouw lacht tevreden omdat ze er zomaar twee extra krijgt.

'De kleine zal nu vast gauw beter zijn,' zegt ze, terwijl ze de neus van haar kind met een groezelig doekje schoonveegt en het jongetje knuffelt.

'Koop de sinaasappelen van María Carmen,' klinkt Rosario's heldere stem over de markt. 'Ze genezen uw kind van een snotneus en verkoudheid.'

Hij kijkt vragend naar Aurora.

'Is het zo goed?' vraagt hij.

'Zeg maar: ze genezen uw kind van keelpijn en verkoudheid,' verbetert Aurora hem lachend.

Algauw komen meer vrouwen bij hen kopen. Het nieuwtje dat ze er extra krijgen, doet snel de ronde.

'Alleen vandaag,' antwoordt Aurora op de vraag van een vrouw of ze altijd een extra sinaasappel krijgen.

'Maar ze blijven sappig en gezond!' voegt Marisol er snel aan toe.

'Het zijn toversinaasappelen,' roept Rosario in zijn enthousiasme weer, maar dat vindt Aurora echt te ver gaan.

'Je moet niet overdrijven,' zegt ze, 'want dan denken de mensen dat je ze voor de gek houdt.'

Als de sirene van twaalf uur loeit, is de mand leeg en in de zak van Aurora's jurk rammelen muntjes.

'Zullen we een broodje gaan kopen?' vraagt Rosario. Zijn maag knort.

Ze lopen naar het bakkerswinkeltje in een zijstraat vlak bij het plein voor de kathedraal. Aurora koopt drie kleine broodjes. Ze gaan op een bank onder de malinche in de schaduw zitten.

'Mmm, lekker,' glundert Marisol bij de eerste hap.

'Ik heb zin in limonade,' zegt Rosario, terwijl hij verlangend kijkt naar een jongen van zijn leeftijd die aan de andere kant van het plein limonade in plastic zakjes verkoopt.

'Niks daarvan,' zegt Aurora. 'We drinken wat bij de kraan op de markt. Van dit geld kopen we boodschappen voor jullie moeder.'

Als ze hebben gedronken, neemt Aurora de kinderen mee naar de supermarkt. Ze komen er niet vaak en met een ernstig gezicht duwt Rosario het boodschappenkarretje door de winkel. Het liefst zou hij al het lekkers dat hij ziet erin willen stoppen, maar Aurora weet hoe duur alles is.

'Kijk,' legt ze Marisol uit. 'Er zijn verschillende prijzen. Drie soorten rijst, drie soorten melk, dat geldt voor bijna alles en je moet altijd het goedkoopste nemen.'

Ze pakt een grote zak met vijf kilo gedroogde bruine bonen. 'Dit is niet duur, maar misschien zitten er wel een paar steentjes in.'

'Ach, die spuug je gewoon uit,' zegt Marisol schouderophalend.

'Of je zoekt de bonen eerst uit voor je gaat koken,' zegt Aurora, 'dat is beter, want anders breek je je kiezen nog.'

Ze zoeken samen de grootste en voordeligste zak rijst uit.

'Nu kunnen we een heleboel dagen *gallo pinto* eten.' Rosario glundert, als Aurora de zakken in het karretje legt. Hij kijkt naar het ijsje van een meisje. Haar ouders zijn rijk, dat zie je zo. Ze draagt glimmende lakschoentjes en witte sokjes en het lint in haar haar heeft precies dezelfde kleur als haar jurk.

Aurora ziet zijn verlangende blik. Ze heeft alleen geld voor rijst en bruine bonen, maar er is niets over voor een ijsje. Morgen, denkt ze, morgen koop ik een ijsje voor hen. Ze haalt haar hand door Rosario's warrige haardos.

'Kom,' zegt ze, 'we gaan jullie moeder blij maken met de boodschappen. Vanavond kookt ze vast rijst met bruine bonen voor ons.'

In haar enthousiasme is Aurora vergeten dat vijf kilo bruine bonen en evenzoveel kilo rijst erg zwaar kunnen worden als je daarmee een eind moet lopen.

Halverwege rusten ze even uit op een muurtje, vlak bij de kerk van de Sutiaba.

'Hier loopt 's nachts *El Punche de Oro*, *De Gouden Krab*, rond,' zegt Marisol.

'Ja,' valt Rosario haar bij. 'Oma heeft hem een keer met Pasen gezien. Hij rende over het plein en maakte een buiging voor de zon die in de tempel hangt.'

'Heeft ze verteld hoe hij eruitziet?' vraagt Aurora.

'De krab schittert als goud en zijn ogen zijn vurige diamanten.' Rosario's ogen glimmen. 'Ik zou hem wel eens willen zien.'

'Ik heb ook van *De Gouden Krab* gehoord,' zegt Aurora. 'Ze zeggen dat de ziel van het opperhoofd Adiac in hem zit en dat hij de Sutiaba beschermt.'

'Er ligt hier ergens een grote schat begraven,' zegt Marisol. 'Goud, edelstenen, sieraden, maar niemand heeft hem ooit kunnen vinden.'

'*De Gouden Krab* bewaakt de schat,' zegt Aurora. 'En als je hem vangt, brengt dat vast ongeluk. De ziel van Adiac wil met rust gelaten worden.'

Ze denkt aan haar voorvaderen. Vroeger waren de Sutiaba rijk. Ze hadden goud. Nu zijn de meeste indianen arm. Ze hebben niets, een schamel huisje, dat van verroeste spijkers en verrotte planken aan elkaar hangt. Ze weten niet eens of ze de volgende dag wel eten zullen hebben. Aurora droomt weg. Ze merkt niet dat Marisol en Rosario op het plein met steentjes gaan gooien en tikkertje spelen.

Ze denkt aan *De oude man uit de bergen*. Hij was wijs. Wat had hij ook alweer gezegd? Ze fronst haar wenkbrauwen. Dan dansen zijn woorden door haar hart.

'Je geest is van goud en je dromen zijn van zilver. Rijkdom ligt in je ziel,' had hij gezegd.

'Daarom moest ik gaan,' fluistert Aurora zacht voor zich heen. Nu pas begrijpt ze het doel van haar reis. 'De rijkdom van de Sutiaba ligt in onze legendes, in de kracht en wijsheid die eruit spreekt. Ze wijzen ons de weg in het leven. Daarom mogen ze niet verloren gaan.'

Ze gloeit. Zij is een Sutiaba! Zij zal kinderen krijgen en kleinkinderen en zolang ze leeft zal ze hun de oerverhalen vertellen. Vooral de meisjes moeten ze kennen, want zij zijn degenen die ze aan hun zonen en dochters moeten doorgeven.

Warm en bezweet komen Marisol en Rosario naast haar zitten.

'Gaan we verder?' vraagt Rosario. 'Ik heb honger.'

Aurora springt op en tilt de zak bruine bonen op haar hoofd. Marisol en Rosario dragen samen de rijst.

'Vanavond zullen we *gallo pinto* eten,' zegt Aurora. 'De oogst van María Carmen zorgt ervoor dat jullie geen honger meer zullen hebben.'

Ik heb hen niet voor niets ontmoet, denkt Aurora. Alles in het leven heeft een doel.

24

Iedere avond vlak voor zonsondergang bidden ze voor de zielenrust van María Carmen.
'Zou ze al in de hemel zijn?' vraagt Rosario.
'Ik weet het niet,' zegt Aurora. 'Wat er na dit leven komt merk je pas als je dood bent.'
'Ik denk dat het wel een paar dagen duurt voor María Carmen de weg naar de hemel heeft gevonden. We moeten niet voor niets negen dagen bidden,' zegt Marisol ernstig.
Paquita komt langs om met Aurora een praatje te maken.
'Ben je nog erg verdrietig?' vraagt ze.
'Het doet pijn als je iemand verliest waar je veel van houdt,' antwoordt Aurora, 'maar sterven hoort bij het leven. Dat overkomt ieder mens. Maar wij, de levenden, moeten verder.'
Paquita kijkt haar verbaasd aan.
'Hoe kom je aan die wijsheid?'
Aurora haalt haar schouders op.
'Ik weet het niet. In ieder mens ligt wijsheid, denk ik. Je moet alleen weten hoe je ermee om moet gaan.'
Paquita knikt ernstig.
'Weet je al wanneer je naar huis gaat?' verandert ze van onderwerp.
'Ik wacht op een teken.'
'Wat voor teken?'

'Wat vraag je veel,' zegt Aurora zuchtend. 'Ik weet het zelf niet. Ik blijf nog een paar dagen. Ik moet nog wat regelen voor de moeder van Marisol en Rosario.'

'Ja, maar wat dan? Ze kan niet werken, ze is altijd ziek.'

'Ze denkt dat ze te ziek is om iets te doen,' zegt Aurora. 'Ze is niet echt ziek. Ze ziet het niet meer zitten. Daarom ga ik haar vragen of ze op het erf van María Carmen wil wonen. We moeten haar helpen. Ik heb al aan Rico gevraagd of hij een huisje voor haar wil maken, dan zal ze vast gelukkiger zijn en jij hebt weer een buurvrouw.'

'Maar ik had de sinaasappelen van María Carmen ook wel willen verkopen. Ik kan het geld goed gebruiken.'

'Jij hebt zelf fruitbomen op je erf, maar ik wil je wel leren hoe je van kruiden drankjes tegen allerlei kwalen kunt maken, die kun je verkopen, dan verdien je geld en dan help je ook andere mensen.'

Paquita's ogen beginnen te glimmen.

'Denk je dat ik daarmee rijk kan worden?' vraagt ze begerig.

'Je maakt andere mensen beter, dat geeft je vast een goed gevoel,' zegt Aurora nuchter.

Als de zon hoger klimt en bezit neemt van de dag gaat Aurora naar Melisandra, de moeder van Marisol en Rosario. Ze hangt verveeld in haar hangmat. In één oogopslag ziet Aurora dat sommige planken van het huisje half verrot zijn, enkele zijn nog bruikbaar. De vloer van aangestampte aarde is drassig. Keukengerei, vuile borden, kroezen en emaillen pannen liggen slordig in een hoek.

'Is het hier altijd zo modderig?' vraagt Aurora.

Melisandra haalt onverschillig haar schouders op.

'Er is hier eens een wichelaar geweest en die vertelde dat onder mijn huisje een bron met giftige dampen borrelt en dat ik beter kon verhuizen, maar het is er nooit van gekomen, zeker niet toen mijn man er met een jonge meid vandoor ging en me liet zitten met die twee lastpakken.'

Ze zucht diep, alsof de lange zin haar uitgeput heeft.

'Wat zou je ervan vinden om te verhuizen naar de plek waar María Carmen gewoond heeft?'

'Ik ga niet wonen in het huis van een dode,' zegt Melisandra verontwaardigd. 'Dat brengt ongeluk.'

'We bouwen een nieuw huis voor je.'

'Wat zal dat wel niet kosten?'

'Niet veel,' antwoordt Aurora. 'We gebruiken de planken van jou en van María Carmens huisje. Geld voor spijkers heb ik op de markt verdiend en Rico wil graag helpen.'

Melisandra komt overeind. Er speelt zowaar een lachje rond haar mond.

'Willen jullie me echt helpen?' vraagt ze.

'Als je belooft dat je goed zult zorgen voor de sinaasappel-boom en de groentetuin zult besproeien. Je moet de oogst verkopen, dan hebben jullie geld om van te leven. Misschien verdien je zelfs zoveel dat Marisol en Rosario naar school kunnen.'

Melisandra's ogen staan groot en donker in haar smalle gezicht.

'Denk je echt dat het me zal lukken?' vraagt ze onzeker.

'Natuurlijk. Het erf van María Carmen brengt geluk. Ze heeft er zo lang gewoond. Jij zult er met Marisol en Rosario ook gelukkig zijn.'

Melisandra begint haastig haar schamele bezittingen in een doos te proppen. Veel is het niet.

Als Marisol en Rosario in de namiddag terugkomen van de markt blijven ze verbaasd staan bij de plek waar eens hun kleine huisje stond.

'Is er een aardbeving geweest?' vraagt Rosario angstig,

maar dan zien ze dat Aurora naar hen zwaait. Zo snel ze kunnen rennen ze met de hobbelende kar achter zich aan naar haar toe.

Hun mond valt open van verbazing als ze op het erf van María Carmen een mooi houten huisje met een golfplaten dak zien staan. Rico heeft de deur roze geschilderd en Paquita plant een verse scheut van een bananenboom op het erf.

'Als je wilt dat hij snel vruchten draagt, dans er dan een paar keer bij volle maan in je blootje omheen,' zegt ze, 'en geef hem veel water.'

'Blijven we hier altijd wonen?' vraagt Rosario.

'Altijd,' zegt Melisandra. 'Deze plek zal ons geluk brengen.'

Marisol en Rosario vallen lachend in elkaars armen.

'Word je dan weer helemaal beter, mamita?' vraagt Marisol, terwijl ze aarzelend haar moeder aankijkt.

'Ik voel me al stukken beter,' zegt ze. 'We zullen hier geen last hebben van die geheimzinnige dampen die uit de bron onder ons huisje borrelden. Kijk maar, de grond is kurkdroog en ik heb ook geen hoofdpijn.'

Marisol en Rosario glunderen. Ze hebben hun moeder nog nooit zo vrolijk gezien.

Ze heeft thee gezet. Dankzij María Carmen zijn er kroezen genoeg.

Ze rusten met zijn allen uit in de tuin en genieten van de thee.

'Ik mis María Carmen,' zegt Paquita terwijl ze een arm om Melisandra heen slaat, 'maar ik denk dat wij het samen ook goed zullen kunnen vinden.'

Zoals alle voorgaande dagen bidden ze voor María Carmen, die hun zelfs na haar dood zo veel geluk heeft gebracht.

Aurora zit naast Rico. Hij zegt niet veel, maar kijkt af en toe naar haar. Aurora merkt het niet. Opeens fladderen er vlinders om haar heen. De anderen wijzen er verrast naar.

'Geluksvlinders,' roept Rosario.

'Je mag een wens doen, Aurora,' zegt Paquita lachend.

Aurora kijkt aandachtig naar de kleurige vlinders. Ze dwarrelen alleen om haar hoofd.

De voorvaderen, schiet door haar heen. Wat willen ze me vertellen?

De vlinders blijven om haar heen dansen, vliegen als een kleurige wolk naar de top van de boom en komen terug, en nog eens en nog eens. Dan weet Aurora het zeker. Het is een teken! Het teken dat ze terug moet naar huis. Ze is blij, maar tegelijkertijd verwart het haar. Rico legt een hand op haar arm.

'Het is volle maan. Zullen we vanavond gaan dansen?' vraagt hij.

'Goed,' zegt ze zacht, dat geeft haar nog even de tijd om na te denken. De tocht terug naar huis is lang. Ze ziet ertegenop.

25

Als de zon al onder is en de sterren helder schijnen, trekt Aurora een knalrode jurk van Paquita aan die ze mag lenen voor haar afspraakje met Rico. De rok valt in ruime plooien om haar heen en ruist bij iedere beweging.

'Je ziet er prachtig uit,' zegt Paquita terwijl ze Aurora's haar borstelt en er een rood lint doorheen vlecht.

'Ik heb eigenlijk niet zo'n zin om te gaan dansen,' zegt Aurora.

'Maar je vindt Rico toch aardig?' vraagt Paquita verbaasd.

'Ik vind hem leuk, maar ik vind het moeilijk om vrolijk te zijn, zo vlak na de dood van María Carmen.'

'Het leven gaat door,' zegt Paquita, 'dat zijn je eigen woorden. María Carmen zou niet willen dat je je hele leven om haar blijft treuren.'

'Maar zou ze het goed vinden dat ik ga dansen?'

Op het moment dat ze die vraag aan Paquita stelt, wordt ze overweldigd door een intens gevoel van warmte en geluk.

María Carmen geeft antwoord, schiet door Aurora's hoofd. Nu weet ik zeker dat ik vrolijk mag zijn en van het leven moet genieten.

Paquita pakt haar bij de schouders en draait haar bewonderend rond.

'Je weet het antwoord zelf al, zie ik,' zegt ze. 'Ga nou maar.

Alle jongens zullen met je willen dansen.'

Rico komt haar ophalen. Hij heeft een net overhemd aan, gel in zijn haar gesmeerd en hij ruikt naar aftershave. Als ze naast elkaar weglopen, kijken buurtbewoners hen na.

'Een mooi stel,' zeggen ze.

'Als die niet verliefd zijn!'

Rico is ouder dan Aurora en neemt duidelijk de leiding. Resoluut pakt hij haar hand en trekt haar arm door de zijne.

'Zo lijkt het net alsof we elkaar al jaren kennen,' zegt hij met ondeugend lachende ogen.

Ze bloost, maar gelukkig ziet hij dat in het donker niet.

In het zaaltje waar gedanst wordt is het druk en benauwd.

'Wat een hitte,' puft Rico. 'We nemen eerst maar een glaasje cola. Wil jij er rum in?'

Aurora schudt heftig haar hoofd. Ze heeft op straat te veel dronkaards gezien en ze weet dat het goedje in haar keel brandt, zodat ze zal snakken naar lucht.

'Geef mij maar cola met ijsblokjes,' zegt ze, terwijl ze gaat zitten op een stoel vlak bij de ingang. Rico loopt naar de bar. Zo gauw hij weg is komen twee jongens naar Aurora toe.

'Jou kennen we niet,' zeggen ze. 'Hoe heet je?'

De oudste jongen pakt Aurora hardhandig bij haar schouder en wil haar overeind trekken.

'Kom, we gaan dansen en daarna ken ik nog een paar leuke spelletjes, die jij vast nog nooit gespeeld hebt.'

Aurora trekt zich los.

'Niet doen!' protesteert ze. 'Je doet me pijn.'

Nu begint de andere jongen, aangemoedigd door zijn vriend, aan haar arm te trekken. Zijn hand lijkt wel een bankschroef en zijn scherpe nagels snijden in het vel van haar arm. Ze bijt op haar lip om het niet uit te gillen.

Gelukkig komt op dat moment Rico terug met de cola. Hij

ziet meteen wat er aan de hand is.

'Laat mijn vriendin met rust!' roept hij. 'Of willen jullie een klap voor je kop hebben?'

De jongens deinzen achteruit. Ze zijn jonger dan Rico en ze schrikken van zijn boze blik en brede schouders. Binnen een minuut zijn ze verdwenen.

'Ziezo,' zegt Rico. 'Van die twee zul je vanavond geen last meer hebben, maar ik zal je niet meer alleen laten.'

Aurora zucht opgelucht en wrijft over de rode plekken op haar arm.

Op een oude koffergrammofoon draait een jongen een *salsa* en daarna een *merengue*. Meisjes dansen en flirten met de jongens. Bij de bar staat een groepje met een flesje bier in de hand naar Aurora te kijken.

Ze heeft na het voorval met de twee jongens eigenlijk geen zin meer om te dansen, maar ze laat zich door Rico naar de dansvloer leiden als een *cumbia* gedraaid wordt. Ze probeert net zo heftig als de andere meisjes met haar schouders te schudden en wilde heupbewegingen te maken, maar echt veel zin heeft ze niet.

Rico merkt het.

'Laten we maar naar huis gaan,' stelt hij voor. 'Je bent moe.'

Aurora is opgelucht als ze het zaaltje verlaten en buiten een zacht zwoel briesje door haar haar waait. Ze lopen door de bijna verlaten stad, over het plein van de oude kathedraal naar de kerk van de Sutiaba en gaan op een muurtje zitten. Aurora staart naar de lucht, waarin sterren gaten prikken in de hemel.

'Dat is mijn ster,' zegt ze in een opwelling, terwijl ze hem aanwijst. 'Hij zal me mijn hele leven beschermen.'

Rico kijkt haar verbaasd aan.

'Heb jij een ster die je beschermt?'

'Ieder mens heeft er een.'

'Ik niet,' zegt Rico, 'mijn moeder heeft me er nooit iets over verteld.'

'Ken je de legendes van de Sutiaba?' vraagt Aurora.

'Ik weet dat ik moet uitkijken voor de vrouw die zich in een aap verandert. Ze jaagt achter mannen aan en natuurlijk ben ik als kind ook vaak naar huis gerend, zodat de rammelende bottenkar me niet te pakken kreeg. Maar verder heeft mijn moeder me nooit gewaarschuwd.'

Aurora heeft van Paquita gehoord dat Rico's moeder vaak ziek is, niet zomaar een verkoudheid of griepje, maar echt zo ziek dat iedereen vreest voor haar leven.

'Dat komt misschien omdat ze met haar hoofd bij andere dingen is. Ik wil je er wel een paar vertellen, zodat je ze later weer aan je kinderen kunt vertellen.'

Rico knikt ernstig en luistert aandachtig als Aurora hem de legendes vertelt van de huilebalk, van de oude man in de bergen en van de dwergen die kinderen stelen.

'Mijn voorvaderen vertelden me in een droom dat ik op reis moest om naar de legendes te zoeken. Ik ben toen met mijn ouders en broertjes naar Dionisia, de goede heks, gegaan en zij heeft me gezegd dat ik op reis moest gaan,' eindigt Aurora.

Rico is onder de indruk.

'Ik wil ook wel een ster die me mijn hele leven begeleidt,' zegt hij. 'Dan hoef je misschien nooit bang te zijn dat je verkeerde keuzes maakt.'

'Dan moet je naar Dionisia. Zij zal je zeker helpen.'

De klok van de kathedraal slaat twaalf uur.

'We moeten naar huis,' zegt Rico, terwijl hij van het muurtje springt. Aurora volgt zijn voorbeeld. Als ze weg willen lopen, schiet er iets langs hun voeten dat oplicht en schittert in het schijnsel van de maan. Aurora ziet het als eerste.

'Kijk!' fluistert ze. 'Daar loopt *De Gouden Krab*. Ze zeggen dat het de ziel van Adiac is, die waakt over zijn schat.'

'Ik ga erachteraan,' zegt Rico. 'Dan weet ik waar die schat begraven is en word ik rijk.'

'Niet doen,' waarschuwt Aurora hem. Ze pakt zijn arm. 'Niemand mag de krab vangen, want dan verbreek je de betovering en dat brengt ongeluk.'

Hand in hand kijken ze naar de krab die zigzaggend over het plein rent, even stilstaat voor de hoofdingang van de kerk, een buiging maakt en verdwijnt.

'Het is bijzonder dat we *De Gouden Krab* gezien hebben, tenslotte komt hij maar twee keer per jaar te voorschijn,' zegt Aurora.

'Misschien brengt dat wel geluk,' zegt Rico. Hij slaat een arm om Aurora heen en geeft haar een kus op haar wang. 'Heb ik je al verteld dat je er in Paquita's jurk heel mooi uitziet?'

Aurora lacht. Rico's haar zit in de war en hij heeft de bovenste knopen van zijn overhemd losgemaakt en zijn mouwen opgestroopt. Hij ziet er stoer uit. Hij zou het vast ook goed kunnen vinden met papita. Woonde hij maar wat dichterbij.

26

'Moet je echt gaan?' vraagt Paquita. 'We zullen je zo missen.'

Ze zit op een schommelstoel voor haar huisje. Aurora legt haar de werking van kruiden uit en Paquita maakt aantekeningen met potlood op een stuk karton. Aurora schenkt geen aandacht aan haar opmerking.

'Je moet ze plukken en eerst drogen,' gaat ze door. 'Zet er daarna thee van en maak drankjes om mensen van hun verkoudheid af te helpen, maar als je denkt dat hun ziekte meer is dan een griepje, stuur ze dan naar de dokter. Laat ze nooit denken dat jij ze beter kunt maken, als je weet dat je dat niet kunt.'

Paquita knikt braaf.

'En vraag er niet te veel *córdobas* voor. Vooral mensen die geen geld voor de dokter hebben zullen bij je komen.'

'Moet je echt gaan?' herhaalt Paquita. 'En als ik vergeten ben hoe ik een drankje moet maken? Wat dan?'

'Ik wil terug naar mijn ouders en broertjes,' antwoordt Aurora. 'Ik ken al heel veel legendes en jij hebt mij niet meer nodig.'

Met Melisandra gaat het goed. Ze voelt zich beter nu ze niet meer boven de giftige bron woont. Ze krijgt al wat kleur op haar wangen. Ze kookt voor Marisol en Rosario en maakt grapjes met hen. Ze zien er ook beter uit. Ze hebben schone kleren en frisgewassen haren. De steen die Aurora bij haar vertrek van Armando had gekregen, heeft ze aan Marisol en Rosario gegeven.

'Als je het koud hebt, leg hem dan in het vuur. Wikkel hem in een doek en leg hem tegen je voeten of rug, dan zul je het snel warmer hebben. Je kunt de steen ook in water leggen en als je dat water drinkt zul je gezond en sterk worden.'

De dag nadat ze 's avonds met Rico was gaan dansen, heeft Paquita voor Marisol van de rode jurk, omdat ze hem toch niet meer paste, een overgooier gemaakt en voor Rosario een rode blouse. Eerst wilde hij hem niet aan. Maar toen iedereen zei dat hij met de blouse op een prins zou lijken, trok hij hem toch aan. Hij liep in de straat op en neer en knipoogde naar alle meisjes. Ze giechelden achter hun hand en vroegen of hij met hen wilde trouwen.

's Avonds mocht de nieuwe blouse niet gewassen worden, want Rosario wilde hem de volgende dag weer aan.

Ze proberen allemaal Aurora over te halen om langer te blijven.

'Wie moet ons nu 's avonds een verhaal vertellen?' vraagt Marisol met een pruillip.

'Ik denk niet dat ik die steen zelf uit het vuur durf te halen, als ik het koud heb,' zegt Rosario met een zielig gezicht.

Maar Melisandra trekt partij voor Aurora.

'Natuurlijk moet je naar huis, Aurora. Je ouders missen je. Trek je niets van die zeurpieten aan.'

'Kom je ons nog eens opzoeken?' vraagt Rosario. Hij gaat aan Aurora's arm hangen, alsof hij haar het liefst aan de boom vast zou willen binden.

'Als ik weer in León ben, kom ik zeker langs,' zegt Aurora.

Als Aurora op het punt staat om te vertrekken, komt Rico buiten adem naar haar toe gerend.

'Ik ga mee!' roept hij al van verre. 'Wacht, Aurora. Ik ga mee!'

Verbaasd kijkt Aurora hem aan. Hij pakt haar arm.

'Ik ga met je mee. Ik wil naar die goede heks, ik neem mijn moeder mee. Ze kan haar misschien beter maken.'

'Je bedoelt Dionisia.'

'Ja! En ik vraag haar meteen mij ook een ster te geven die me beschermt en geluk brengt.'

'Hoe wil je je moeder meenemen? Het is een heel eind lopen,' zegt Aurora bezorgd.

'Ik mag mijn buurmans paard en wagen lenen. We leggen er stro in. Daar kan mijn moeder op liggen en wij gaan op de bok zitten.'

'Is je moeder daar niet te ziek voor?' vraagt Aurora.

'Ik heb het haar al verteld en ze wil graag mee. We zullen jou eerst thuisbrengen en we zullen er in een paar uur zijn.'

Het idee lokt Aurora. Het lijkt haar heerlijk om weer bij het kookvuurtje van mamita te zitten, te luisteren naar papita's verhalen en te kijken naar de kattenkwaadstreken van Armando en Leandro.

'Dus je vindt het goed?' vraagt Rico. Hij wacht Aurora's reactie niet af en rent naar huis om alles in orde te maken.

De hele straat loopt uit als Rico een halfuur later met paard en wagen voor komt rijden.

Rico's moeder ligt in de kar gesteund door kussens en met een deken om haar heen. Ze ziet er zwak uit en heeft zwarte randen rond haar ogen, maar ze geniet, want ze gaat de reis van haar leven maken en misschien komt ze genezen terug!

Paquita geeft hun een pan gekookte rijst mee. Marisol en Rosario vullen plastic zakjes met water en knopen ze stevig dicht, zodat ze onderweg geen dorst zullen hebben. Dan gaan ze op pad, Aurora en Rico hoog gezeten op de bok en Rico's moeder ligt achter in de wagen en kijkt naar de wolken die boven haar hoofd voorbijdrijven.

Iedereen heeft goede raad.

'Ontwijk kuilen, want anders schiet het wiel eraf.'
'Neem gereedschap mee voor als je pech krijgt.'
'Wees zuinig met het drinkwater.'
'Rico, heb je je onderbroek binnenstebuiten aangetrokken?
Dat brengt geluk.'
Rico lacht. Hij heeft aan alles gedacht.
'De reis zal goed verlopen,' zegt hij vol zelfvertrouwen. 'Ik
breng Aurora veilig thuis.'
De volwassenen zwaaien hen na en de kinderen rennen tot
het plein voor de kathedraal mee. Daar gaan ze buiten adem
op de stoeprand zitten en kijken de kar na, tot hij uit het
zicht is verdwenen.
Rico ment het paard en Aurora let op zijn moeder. Door het
geschommel van de kar valt ze al snel in slaap. Aurora geniet. Het paardje draaft licht en vrolijk over de weg. De
wind speelt met haar haar en de vogels in de bomen fluiten.
In de verte steekt de keten van vulkanen donker af tegen de
helblauwe lucht. Vandaag ziet ze haar familie weer!
Onderweg rusten ze een paar keer. Het paard drinkt uit een
beekje en Aurora, Rico en zijn moeder doen zich te goed
aan rijst en sinaasappelen.
'Weet je de weg?' vraagt Aurora aan Rico, als ze hem in de
verte ziet turen.
'We gaan in de richting van de vulkanen,' antwoordt hij.
'Daar zul jij de weg wel herkennen. We komen er wel.'
Het is warm. De zon staat hoog aan de hemel. Muskieten
dansen om hun hoofd en kleurige vlinders fladderen voor
de wagen uit.
Halverwege de middag komen de dorpjes Aurora bekend
voor. Ze komen bij de plek waar de huilebalk bleef roepen
om haar verdronken kind. Aurora vertelt de legende aan
Rico en zijn moeder.
'Ik heb ervan gehoord,' zegt Rico's moeder. 'Maar ik wist
niet dat het hier was.'

Ze kijkt nieuwsgierig om zich heen. 'Laten we maar gauw verdergaan. Het lijkt me zo akelig als je haar hoort schreeuwen.'

Bij een splitsing neemt Aurora afscheid van Rico en zijn moeder.

'Jullie moeten rechtdoor,' zegt ze. 'Tegen het eind van de middag zijn jullie bij Dionisia. Ik moet nu die kant op.'

Ze wijst naar een smal, bijna onbegaanbaar paadje aan weerskanten omgeven door dik struikgewas.

'Kon ik je maar helemaal thuisbrengen,' zegt Rico, 'maar daar kunnen we met de kar niet door.'

'Het is niet ver meer,' zegt Aurora. 'De voorvaderen hebben me al die tijd beschermd. Ze zullen er ook nu voor zorgen dat ik veilig thuiskom.'

Het afscheid kost haar moeite. Ze slaat haar armen om Rico heen en kust zijn moeder vaarwel.

'Ik hoop dat Dionisia u beter kan maken,' zegt ze, terwijl ze zacht over haar wang wrijft en de deken over haar heen legt.

Als de kar verder ratelt, loopt Aurora het paadje af in de richting van hun dorp. De droge grond knispert onder haar blote voeten. Een leguaan schiet weg in het dorre gras. Vrolijke kinderstemmen klinken haar tegemoet. Op het plein, voor de enige school in hun dorp, spelen kinderen in hun blauw-witte uniform. Aurora denkt aan de gouden munt die ze van María Carmen heeft gekregen. Ze kent de waarde ervan niet, maar misschien kunnen straks Armando en Leandro ook wel naar school. Ze kunnen al lezen en schrijven en zelfs een beetje rekenen. Aurora weet nu dat het leven vol verrassingen zit en dat ieder mens de vrijheid heeft om die te ontdekken. Zij kan haar broertjes daarbij helpen. Haar hart begint te bonzen als ze in de verte hun huisje ziet staan. Aurora voelt dat zij door de dingen die ze meegemaakt heeft is veranderd. Maar in het huis waar ze geboren is, lijkt alles nog precies hetzelfde als toen ze vertrok. Papita plakt een lekke band van de kar die tegen de zijmuur staat. Armando staat op een ladder en plukt mango's. Leandro is nergens te bekennen. Hij zal wel weer op krekeljacht zijn. Mamita zit op een kruk in het vuur te porren en kookt maïspap. Ze gaat verrast staan als ze Aurora ziet en slaat haar beide armen om haar heen.

'Kind, wat ben ik blij dat je er weer bent. Kom naast me zitten,' zegt ze. 'Ik wist dat je thuis zou komen en ik weet dat je veel geleerd hebt. Ik heb het gezien in het rood en geel van de vlammen. Vertel, liefje, vertel!'

Aurora haalt diep adem en begint...

vanaf 10 jaar
ISBN 90 00 03433 7
NUR 283

Ellen Tijsinger

De olifantenjongen

Kari woont in Kenia en is vanaf zijn geboorte door zijn grootmoeder opgevoed. Als hij twaalf is en de oogst mislukt, stuurt zij hem weg. Er is niet genoeg eten voor twee. Hij besluit naar de grote stad te gaan; hij hoopt dat het leven daar beter is.

Niets is minder waar. Auto's wassen en zilverpapier verzamelen zijn de enige mogelijkheden om geld te verdienen. Kari sluit zich aan bij een van de vele straatbendes en ontdekt dat je gemakkelijker aan de kost kunt komen door te stelen en te roven.

Maar ineens wordt het te gevaarlijk voor hem en zijn vrienden. Ze kunnen niet meer veilig op straat slapen. Aan de rand van de stad bouwen ze in dicht struikgewas een hutje van takken en bladeren. Maar hier zijn andere vijanden. Groter, sterker en veel gevaarlijker: olifanten! Tot zijn verbazing ontdekt Kari dat hij een bijzondere gave heeft...

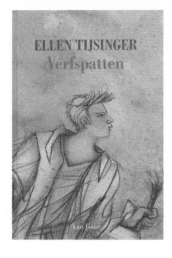

vanaf 12 jaar
ISBN 90 00 03522 8
NUR 283

Ellen Tijsinger

Verfspatten

Rutgers ouders hebben de laatste tijd steeds ruzie. De conflicten gaan vaak over Rutgers toekomst. Zijn vader vindt tekenen tijd verknoeien en wil dat Rutger later de boerderij overneemt. Zijn moeder begrijpt dat Rutger niet zonder verf of krijt kan en vindt dat hij de stem van zijn hart moet volgen. Rutger zelf voelt zich verward en verstopt zijn tekeningen onder zijn bed om niet nóg meer ruzies te veroorzaken. Stel je voor dat zijn ouders zouden scheiden. Waar moet hij dan naartoe? En hoe zal de tweeling, Leo en Lotje, reageren? Rutger is verliefd op Floor. Zou zij hem kunnen helpen?